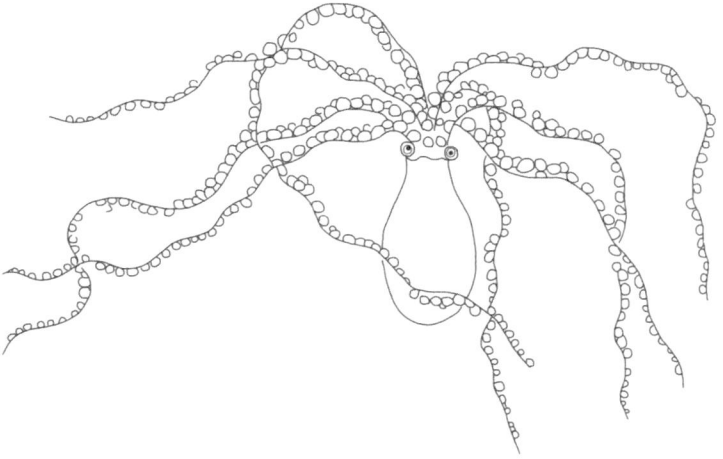

王寒 著

江海滋味

浙江人民出版社

图书在版编目（CIP）数据

江海滋味 / 王寒著. -- 杭州 ： 浙江人民出版社，
2024. 10（2025. 2重印）. -- ISBN 978-7-213
-11704-6

Ⅰ. I267

中国国家版本馆CIP数据核字第20240M1240号

江海滋味

王寒 著

出版发行：浙江人民出版社（杭州市环城北路177号 邮编 310006）

市场部电话：(0571)85061682 85176516

责任编辑：柴艺华

营销编辑：张紫懿

责任校对：汪景芬

责任印务：程 琳

封面设计：王 芸

电脑制版：杭州兴邦电子印务有限公司

印 刷：浙江海虹彩色印务有限公司

开 本：880毫米×1230毫米 1/32 印 张：8.25

字 数：146千字 插 页：4

版 次：2024年10月第1版 印 次：2025年2月第2次印刷

书 号：ISBN 978-7-213-11704-6

定 价：88.00元

如发现印装质量问题，影响阅读，请与市场部联系调换。

一条鱼的江河湖海

一

六月，回了趟湖山书房，无尽夏开得正好。

江南的梅雨季，绵长潮湿。连日大雨，溪流暴涨。书房的不远处，有溪与湖，溪曰始丰，曰雷马，曰杨家；湖曰寒山。走到近处，便能听到"哗哗"水声。江南多水，每一条溪流，都通向江河，最终注入大海。大地之上，有一条神秘的纽带，联结起江河湖海，仿佛神的旨意。

每个人的舌尖上，都有一个故乡。汪曾祺的故乡味道，是运河的虎头鲨、昂刺鱼。陆文夫的味觉记忆，有太湖的鲃肺汤、大闸蟹、虾子鲞鱼。周氏二兄弟的绍兴滋味，是河虾、青鱼干、溜鳝片、鲞冻肉。蔡澜念念不忘的，是潮州的鱼饭和生腌。他说，世界上最好吃的鱼，就是黄脚腊。

我的故乡味道，是江河湖海的味道。

爱吃鱼的人，都活得热气腾腾，鲜气腾腾。

二

一个人的口味，可以追溯到生命的最初，也可以追溯到生活过的每一座城市。

几十年间，我从一座城市到另一座城市，如同鱼的迁徙，从童年时的杭州，到少年时的云和、温岭，再到青年时的临海、椒江，直到中年，重回杭州。

我熟悉各种鱼。水库中，青鱼和草鱼在啃食螺蛳和水草；溪流中，香鱼在吞咽青苔；江河中，鳜鱼、鲤鱼、鲫鱼、鳗鱼在咀嚼小虾；大海中，黄鱼、鮸鱼、石斑鱼在大口吃着营养餐。这些鱼儿，生活在江河湖海中，各自安好。我非鱼，却知鱼之乐。

江河湖海，各有各味。我走过多少个地方，就吃过多少种鱼。西湖的醋鱼，龙溪的香鱼，石塘的鲞鱼，灵江的鲚鱼、鳗鱼，寒山湖的青鱼，东海的黄鱼、石斑鱼和墨鱼，父亲的红烧鲫鱼、芹菜炒鳗鲞，外婆的油爆虾、霉干菜炖河鳗，还有故乡的"糟鱼生，溇芝麻，蟹酱卤，节夹花"，各种做法，各种滋味，清蒸的素淡、家烧的质朴、糖醋的丰富、红烧的浓情、麻辣的豪爽，腌卤的持久。

我吃的不是鱼，是经历，也是情感。

三

阿拉斯加的基克阿迪氏族的人们相信，自己的祖先追随一种海洋生物辗转而来。当漫长的冬季过去，数以亿计的鲱鱼如约而至，基克阿迪人往海底扔下铁杉树枝，等待鱼儿产卵，等待春天第一场味觉盛宴。

离阿拉斯加数万里远的寒山湖，村落里的人们，却在等待冬季的来临。湖中之鱼，为越冬积蓄了丰富的油脂。起网冬捕，这是周边村落一年中最热闹喜气的时候。大网撒下，千鱼腾跃。打捞上来的鱼，扔在岸上，垒成小山包，等待着村民把它带回家。

一个"鲜"字，鱼占了半壁江山。江南人家，无鱼不欢。年节时，鱼是必不可少的一道菜，人们爱它的鲜美，爱它的营养，爱它鱼跃龙门的彩头、如鱼得水的自在，爱它多子多福、年年有余的寓意。

人与鱼，常常相识于饭桌，相忘于江湖。

四

我在找寻自己的故乡——地理上和精神上的。鱼也在找寻属于自己的江河湖海。

江河湖海中，有无数洄流的鱼儿，如鸟类一般一年一度地迁徙。每年农历的六月至八月，鮸鱼要回娘家，发出"咕咕"的声响，一批又一批地洄游。幼年香鱼会成群结队从海中进入河口，再上溯到清澈的溪流栖息生长。鲑鱼为繁殖后代，要从大海游到内河源头。它们成群结队，穿过无数的急流险滩，甚至穿越公路，只为到达最好的起点。而在更远的地方，欧洲鳗鲡会在秋天某个没有月亮的夜晚，开始它的产卵洄游，从欧洲到大西洋，一游就是五千多公里。

大坝和水库，阻绝了它们自由往返的路。对于鱼类来说，这是无法逾越的壁垒，也是隔绝自由的高墙。

每一个人的心中，都有回不去的故乡，鱼儿也是。

五

我生活过的每一个地方，都是故乡。我的故乡在江河湖海。

离乡日久，闻到某种熟悉的鱼鲜气味，常有遇故知的惊喜。

在江南，每一个季节，都有属于自己的气味，春有云烟的气味，夏有阳光的气味，秋有露水的气味，小溪小河，大江大海，平野山川，村落人家，也都有属于自己的气味。

六月，暴雨连续下了十多天，溪流蕴含着青草的气味，江河弥漫着无所不在的水汽，大海卷起千堆雪，带出泥土和鱼鲜的气味，山川是云雾的气息，田野中飘荡着稻谷的清气，房前屋后，是向日葵和荷花的气味，村落人家，是满满的烟火气息。到了饭点，飘出清炖鱼头、红烧杂鱼的鲜香。摘几片紫苏叶、切几缕生姜丝，作佐料，解表，散寒，去腥。鱼头、紫苏、生姜的味道，把我带回故乡。

很多时候，思乡是味觉的召唤，戴复古"霜后思新橘，梦中归故山"之诗可证。

喜欢一地的食物，实际上喜欢的，不仅是滋味，还有当地美好淳朴的生活方式，是走过的一座座城市的烟火记忆，是生命中陪伴我们成长、老去的一个个具体的人。

庄子笔下有三条鱼，北冥之鱼、濠梁之鱼、江湖之鱼，象征着逍遥、快乐和自洽。

江湖远阔，万山无阻，让我做一条庄子笔下的鱼吧。

目

录

张剑/供图

江河有鲜

江湖刀客与月下凤尾

一

总觉得鲚鱼在气质上更接近于江南。江南的桃花流水，杂花生树，更适合当它成长的背景。

记忆中，灵江上曾经成群地游动着鲚鱼，有刀鲚，也有凤鲚。

桃花开后，春水渐渐变暖，栖息在台州与温州洞头一带近海水流中的鲚鱼，开始洄游。谷雨过后，成群的刀鲚奋力游到咸淡水交汇的灵江口生儿育女。

相比于刀鲚，凤鲚的产卵期更长，从端午前后一直到九月。

二

刀鲚就是名震江湖的刀鱼。每年雨水节气一到，就有人念叨起刀鱼。一条鱼让人念念不忘，总有"过鱼之处"。著名吃货李渔就说，吃别的鱼都会吃厌，唯有刀鱼，越吃越好吃，细嚼之下，带着甘甜，就算肚子吃撑，眼睛也没饱，好吃到根本停不下来。

刀鱼清秀俊美，修长狭薄，长者盈尺。古人都是颜值控，宋人因其"貌则清臞，材极俊美"，称之为"白圭夫子"，还授予它"骨鲠卿"的官职。白圭是帝王手持的白玉，白圭夫子就是如玉的美男子。

刀鱼是江湖刀客。从前，广袤的江河湖海，处处有刀鱼。江湖上有三把刀，江刀、海刀、湖刀。海刀常年生活在大海。湖刀定居在湖中。只有江刀，是个游子，喜欢漂泊。它出生在江中，在大海中成长，发育成熟后，又回到咸淡水冲积的水域产卵。

刀鱼讲究血统身份，因产地不同，身价有高低。钱塘江、灵江、瓯江，都有刀鱼，味道不俗。但只有长江口以西的刀鱼，才是正宗嫡系，是公认的春江第一鲜。这种顶级江刀，旧时跟鲥鱼、河鲀一起，被称为"长江三鲜"。而别地的刀鱼，鲜则鲜矣，却没有这般响亮的名头。

如果说野生大黄鱼是东海至尊，那么野生江刀则坐稳了江鲜的头把交椅。过去，刀鱼是寻常物事。杨花纷飞时，是刀鱼的旺季，一网撒到江上，能打上几百、上千斤，价格低到几毛钱一斤。现在撒几次网，也未必能捞上一条野生江刀。因为稀少，长江野生刀鱼身价倍增，清明前的一条长江刀鱼，价格就要成千上万。

刀鱼味道是极致的鲜美。清蒸后，银光闪闪，带着鲜甜和微香。有人爱它的肉身，有人爱它的内脏——它腹中之肠妙不可言，还有人爱它的鼻子，当年柬埔寨亲王访华，所品尝的中国味道里，就有一道清炒刀鱼鼻。

刀鱼至鲜，河鲀也是至鲜，但两样鲜有所不同。前者是清鲜，后者是浓鲜。宋人刘宰在诗中把河鲀、鲈鱼贬低一番，话锋一转，猛赞刀鱼。大意是：惊蛰过后，可以吃刀鱼了。河鲀味美，可惜呀，是个老毒物。鲈鱼嘛，味道有点寡淡。刀鱼最是鲜嫩可口，弄点调料清蒸，令人食指大动。

清明挂刀，端午品鲥。刀鱼是季节感很强的江南风物，清明前细雨斜织，是刀鱼的锦瑟年华，虽然身子骨看上去单薄，但肉质丰腴鲜嫩，骨头细软，简直就是温柔一刀。过了谷雨，骨硬如针，肉质变老，俗称老刀，听上去像是江湖上的资深刀客。

刀鲚须黄尾黑，外形飘逸，有仙风道骨。带鳞清蒸，无比鲜甜。鱼肉比梅童鱼肉还要细嫩，嫩到连筷子都夹不起来。用筷子

刀鲚（叶文龙/供图）

尖细挑一点鱼肉入嘴，满口清鲜。吃完，吧唧着嘴，意犹未尽。有人嫌刀鱼有刺，用油煎炸，袁枚对此一个劲地撇嘴，说这是"驼背夹直，其人不活"。

过去江南有神秘的刀鱼饭，用柴火土灶烹制，将刀鱼的头和尾钉在木锅盖下，与米饭同煮。蒸气上来后，细嫩的鱼肉、鲜香的油脂，撒落于雪白的米饭上。肉去骨留，完整的鱼刺骨架还留在锅盖下。

除了刀鱼饭，江南还有刀鱼面、刀鱼馄饨、刀鱼蛋饺，皆是一等一的美味。

江鲜本鲜，如果没有某种执念，别处江河中的刀鱼，也是可以将就的。虽然身份不及长江刀鱼尊贵，但同样味美。某年"浙东唐诗之路"采风，我在钱塘江边吃到的白条、刀鱼，皆鲜美异常。吃着春日江鲜，喝着陈年老酒，言笑晏晏间，在座的不知不觉中，脸上泛起桃花。这条刀鱼不过数百元，若被运到长江口，打上"长江刀鱼"的标签，价格有可能翻上几十甚至上百倍。

岂止钱塘江刀鱼当过长江刀鱼的替身，我老家台州的刀鱼，也曾被拿去混充过长江刀鱼。

三

刀鱼高高在上，让人消受不起，好在还有亲民的凤鲚。

凤鲚又称凤尾鱼，是刀鱼的表亲，跟刀鱼长得很像，银白修长，体扁薄透，长十多厘米。凤尾鱼和刀鱼都以肉质鲜嫩而闻名。两者都是玉体如刀，但刀鱼更清秀些，嘴巴近乎透明，凤尾鱼则略带黑色，体色略微发黄。凤尾鱼比刀鱼产卵晚，成年后个头比刀鱼要小。通常在清明前捕捞刀鱼，在端午前后捕捞凤尾鱼。

凤尾鱼在我老家常见。过去灵江有各种各样的鱼，记忆中的望江门和中津渡，常有闲人在那里捉鱼。春夏时的鲚鱼，在江南的细雨中，在温柔的月光下，快乐地游动。灵江北岸有横山前村，村民以在灵江上打鱼为生。村民驾着小船，撒网捕捞，一网下去，便有一片闪闪的银白。刀鱼和凤尾鱼为灵江特产，据记

七丝鲚是鲚鱼的一种，以胸鳍上有七根长鳍丝而得名。现藏于荷兰格罗宁根大学的绘于十九世纪初的《中国海鱼图解》中就有它的尊容

载，二十世纪七十年代初，灵江上捕获的鲚鱼，有110多吨！灵江捕获的江鱼中，每五条，就有三条是鲚鱼。

灵江那时水很清。夏天，江边有各种虾蟹，我还在沙地里捉过红蚶蟹。等到秋天，江里的大闸蟹甚至会爬到江岸上。至于蟛蜞之类的小喽啰，滩涂上多得不得了，密密麻麻，窸窸窣窣地乱爬。这厮警惕，一听到声响，便"嗖"地钻回芦苇丛中。灵江还有很多鳗鱼。江边的钓鱼人，只要放下钓竿，总有收获，要么是河鳗，要么是鲤鱼、鲫鱼、鲚鱼。那些道行深的吃货，都会起早去江边，直接从打鱼人、钓鱼人手里买江鲜。随便一炖，鲜掉眉毛。

我还在灵江上看过鸬鹚捕鱼。除了灵江，永宁江、始丰溪、永安溪上，也有放鸬鹚的人。黄岩院桥沙门店一带，过去有专门养鸬鹚卖鸬鹚的，还有一个交易市场，福建、贵州等地的渔民，也会跑过来采购。

灵江打鱼人的竹排上，站着一排鸬鹚，有十来只，站成一幅遗世独立的剪影。它们的头颈，被渔人用绳子结了一活箍。鸬鹚下水捕鱼，捕到鱼后，小鱼由它们囫囵吞下，捕到大鱼，鸬鹚会自动飞回竹排吐出。运气好的话，一天会吐出三四十斤，有昂刺鱼、石斑鱼、倒刺鲃（将军鱼）、鲤鱼、鲫鱼、香鱼，还有圆眼鲚、凤鲚、刀鲚。从前我在江边饭店吃着鲜美无比的江鲜时，就会想，我吃的这条鱼，会不会就是从鸬鹚嘴里吐出来的呢？

过去，凤尾鱼太多了，吃不完。乡人把凤尾鱼放在炭火上，焙烘成鲚鱼干。带籽鼓胀的鱼腹，冒着油光，鱼干香脆，很有吃头。烧米面、麦面，烧冬瓜汤、蒲瓜汤，扔几根鱼干进去，增香添味。

春夏之交的凤尾鱼腹中皆籽，肚子撑得薄透。一个作家高产，一本接一本出书，可以拿凤尾鱼作比，"像凤尾鱼甩卵似的"。

带籽凤尾鱼与豆腐一起红烧，细腻鲜香，那鱼卵在口中一嚼，会爆浆。小鱼裹了淀粉油炸，连同毛刺炸得金黄香脆，撒上几粒细盐，是大人的下酒菜、小孩子的零食，直吃得满嘴油。

现在，灵江边很少看到打鱼人了，鸬鹚也看不到了，只有一家接一家的造船厂，打造出一艘又一艘万吨货轮，驶往五湖四海。

长江上的野生刀鱼濒临灭绝，钱塘江、灵江的刀鱼，也罕见踪影。余生也晚，只能念着"杨花浪白鲚鱼鲜"，遥想刀鱼当年。好在还有凤尾鱼，给了我们舌尖上的安慰，让人忍不住想吟唱一曲《月光下的凤尾鱼》。

桃花流水鳜鱼肥

一

扛住了江浙绵长寒冷的冬季，惊蛰的第一声春雷，催开了市府大道的玉兰花。在春天，只要有一朵花盛开，就会有千朵万朵的花紧随其上。玉兰花一开，我就惦记起徽州的油菜花和臭鳜鱼。

三月刚起了个头，就迫不及待约上闺蜜，开了五六个小时的车，直扑徽州。山路弯曲，繁花遍地，有风吹过，油菜花微微摆动，仿佛为春天摇旗呐喊。说什么锦绣春天，若没有阡陌上漫无边际的紫云英和油菜花，大地怕是担不起"锦绣"二字。

在油菜花地撒欢，正午阳光劈头盖脸，出了一身汗，身上的大衣是穿不住了。就近找了家饭店，坐下歇息，几个人要了几杯

明代《食物本草》中的鳜鱼

清茶，歇口气，再吃午饭。门口挂着三角旗幡，上面是大大的三个字：臭鳜鱼。臭鳜鱼是徽菜的扛把子，安徽大大小小的饭店，都靠它镇场子。

上了笋尖肉片、炒蕨菜、毛豆腐。臭鳜鱼还未上桌，就闻着一股腌臭味。这种臭，比起故乡浙东臭冬瓜、臭苋菜股的"臜脓臭"，并不浓郁，相反，倒有一种绵长淡然的气息。我的鼻子，闻得了香，也闻得了臭。食物的香臭具备哲学特质，可以相互转换。

一盘臭鳜鱼上桌，红椒、白蒜、青葱，夺人眼球，有大红大绿、大开大阖的声势，就像穿着红袄绿裤扭秧歌的东北大妞。臭鳜鱼肉身紧致，色泽红亮，鱼肉如花瓣一般打开，从中间的雪花白，到边上的桃花红。挟一块，丰厚坚实，鱼肉咸鲜微辣——恰到好处的咸，恰到好处的辣，恰到好处的鲜。多种滋味在舌尖交错，层层递进，让人食指大动。

三两好友，三杯两盏米酒，就着臭鳜鱼，一筷臭鱼，一口米酒，淡淡的臭味弥漫，如春山雾气，氤氲而去。吃惯了清淡江南菜的味蕾，被臭鳜鱼的浓烈一激，顿觉醇臭悠悠，无可阻挡。吃了臭鳜鱼，二三日内，吃别的菜，怕是会觉得味道寡淡。

二

　　家乡遍布江河湖海，鱼鲜众多，从前并未注意鳜鱼。吃过臭鳜鱼后，开始高看它两眼。

　　鳜鱼是硬骨头，脊骨很硬，硬到"不能屈曲，如僵蹶也"，故而得名。虽然性倔，但长相不俗，扁形阔腹，一身湖绿带银灰的外衣，错落着黑褐色的斑纹。据说它身上的斑纹会随季节流转

桃花箬笠鳜鱼（盛钟飞/供图）

变化，故也叫"季花鱼""季鱼"。

鳜鱼背部有一排硬棘，跟昂刺鱼一样，一看就是个不好惹的刺儿头。它夏日居住在阴凉的石穴里，冬日藏身在泥窠中，不吃不喝安稳过冬；喜欢群居生活，常常十几条、几十条聚集在一起。乡人称之为"鳜鱼窠"。浙北有谚语："摸到了一个鳜鱼窠"，意谓意外之喜，收获不菲。

家乡河塘纵横，从前河塘里有各种野生鱼虾，鲫鱼、乌塘鳢、黑鱼、鳜鱼、昂刺鱼、草虾、白虾、河蟹、黄鳝、鳗鱼。有一老友，喜欢钓鱼，一年到头，只要是节假日，不是在钓鱼，就是在去钓鱼的路上。哪怕赤日炎炎，他也会像个钉子户，钉在河塘边的柳树下一动不动。他说以前鳜鱼多，好钓，以小鱼为诱饵，这家伙就会上钩。钓到一条，沉下心来，继续垂钓，会接二连三钓到，第二天继续来钓，又可以钓到十来条。运气好的话，找到它的老巢，收获更大。

鳜鱼在水流湍急处觅食。跟堂兄鲈鱼、石斑鱼一样，是肉食鱼类，食相凶猛，见鱼就啃。吃活鱼的鱼，比吃青苔、水藻的鱼要剽悍，通常身形矫健，肉质丰厚。鳜鱼有个俗名，叫"水豚"，意指其味鲜美，它还有小名叫"胖鳜""母猪壳"。我老家的饭馆，常将鳜鱼写成"桂鱼"。饭馆是白字大本营，常常地，将鲻鱼写成"支鱼"，鲵鱼写成"米鱼"，马鲛写成"马交"。

鳜鱼入诗入画。"桃花流水鳜鱼肥"，说到桃花，就会想到鳜鱼。鳜鱼讨口彩，鳜同"贵"，意寓吃后富贵可期。旧历三月，桃花开，春水涨，鳜鱼肥，画家们忙着画鳜鱼。八大山人画笔下的鳜鱼，张口噘嘴，白眼朝天，一股子不平之气。"扬州八怪"之一李鱓笔下的鳜鱼，泼辣鲜活，一枝柳条穿嘴而过，图中有题："大官葱，嫩芽姜，巨口细鳞时新尝。"潘天寿也有《鳜鱼图》，画风高古，题图曰："鳜鱼，巨口细鳞，色青微黄，有黑斑，腹淡白，味甚佳美，杭州所产殊多，俗名桂鱼或桂花鱼，盖谐音也。"

鳜鱼跟桃花一样，是春天的信物。

三

安徽有臭鳜鱼，江浙也有各种鳜鱼菜。

松鼠鳜鱼在苏杭饭店常见。松鼠鳜鱼也叫糖醋桂鱼，加花刀，用调味腌渍，再入油锅，炸至金黄。鳜鱼昂头张嘴，尾部翘起，形似松鼠。端上餐桌时，厨师当着众人面，将滚烫的糖醋卤汁浇至鳜鱼身上，"嗞"的一声响，鱼身冒出一股热气，引得宾客鼓掌叫好。松鼠鳜鱼甜中带酸，口感有点诡异。苏州作家车前子说，"松鼠鳜鱼是很俗气的菜肴，与乾隆皇帝的诗书差不多"。哈哈，我同意。

老底子的糖醋鳜鱼，用的都是糖醋汁。现在做了改良，用番

蟹汁鳜鱼（盛钟飞/供图）

茄与橙子汁，拌以松子、青豆等，口感更加丰富。我口味清淡，看不上这道菜。在我老家，顶级的鱼鲜，只用最简单最直白的烹饪方法，或清蒸，或家烧。大凡用浓油赤酱加糖醋炮制出来的鱼儿，对它的鲜度，我总要打个问号。

除了松鼠鳜鱼，还有一种干炸鳜鱼，将活鳜鱼入锅干炸，我觉得过于残忍，从未点过。

今春还吃过一道碧螺春浓汤鳜鱼。比起徽州臭鳜鱼的浓烈鲜香，碧螺春浓汤鳜鱼自有小家碧玉的清新。鳜鱼去骨劈片，以碧螺春的清香茶汁做调料。碧螺春的甘洌与鳜鱼的鲜美交织在一起，仿佛斜风细雨中，扑面而来的小清新。

我老家有豆瓣鳜鱼。春日里，与几个朋友在山间信步乱游，河边湿地的农家乐菜馆有各种时令菜，雪菜春笋、凉拌马兰头、溪坑鱼炖豆腐、笋衣豆皮、土鸡煲，但最味美的是豆瓣鳜鱼。豆瓣酱是用农家自种的黄豆晒制的，浓香入味，鱼肉肥厚鲜嫩。一桌都是大汉，我是唯一女子，享受到特殊待遇，朋友将鳜鱼面颊上两块肥厚的蒜瓣肉夹给我。菜馆临水，青山隐隐，流水潺潺，耳边传来三两鸟鸣，河边有村童在摸螺蛳。我们的谈笑声，惊飞了牛背上的鹭鸟。有此等美景加持，众人吃得甚是欢喜。有时我并不在意吃什么，而是在意与谁吃。

还吃过石锅鳜鱼。鳜鱼鲜切成片，底汤烧得滚烫，挟入几片雪白鱼片，热汤中略微一烫，迅速捞起，口感异常滑嫩。

我老家还有鳜鱼粥，南宋洪迈的《夷坚志·圆真僧粥》中，贵公子吕彦能路过天台山野中的一座小寺院，饥肠辘辘时，闻到一股子香味，循味走进厨房。主僧圆真招呼他一同喝酒吃粥，此粥雪白莹糯，其味绝甘，不同于寻常，这是圆真独创的鳜鱼粥。做法颇别致，找四条大鳜鱼，掐头去尾去皮，用四枚铜钱各拴一根线，分别捆住四条鱼的骨头，把鱼垂放在大铁锅里，锅中放水、米、盐、酒、姜、花椒等，慢慢熬煮。待米烂鱼熟，把鱼骨架一提一抖，鱼肉全落在锅里，鱼粥味美异常。

苏东坡则有清煮鳜鱼，他曾经兴致勃勃地写信给钱勰，分享自己的做鱼心得：把春笋、白菜心与鳜鱼一起，在清水里煮熟，以姜、萝卜汁和酒来去腥调味，再加少许盐煮熟。

到浙北嘉兴，吃过红烧鳜鱼。用的是两斤左右的野生大鳜鱼，浓油赤酱，咸中有甜。主人把鱼肚子里的"花"挟给最尊贵的客人，鳜鱼肉多，而"鳜鱼花"只有一块。"花"是什么？就是鳜鱼的幽门盲囊，其味清香扑鼻，鲜脆可口。嘉兴人认为，"花"是鳜鱼身上的精华所在，鱼肉再鲜美，也抵不过这一朵"花"。

南宋诗人朱敦儒晚年隐居嘉兴，过闲云野鹤般的隐逸生活。浮生若梦，当年的洛城少年，想起前朝旧事，不免感叹，"世事短如春梦，人情薄似秋云"，然"幸遇三杯酒好，况逢一朵花新"。他遇到的，会不会就是春日里的"鳜鱼花"？

世人笑我桃花痴

一

　　在我们老家，把桃花开时见了异性发癫的人称作"桃花癫"。江河湖海中，也有一种鱼，被叫成"桃花痴子"，它就是塘鳢鱼。

　　塘鳢鱼是个呆子。

　　生活在河港水塘中的塘鳢鱼，因常在河滩淤泥中附土而行，人称"土步鱼""土婆鱼""吐哺""痴呆子鱼"。我觉得"痴呆子鱼"这浑名甚好，与敝乡形容读书人的"书糊"二字有异曲同工之妙。也有叫它"鲈鲤"的，因其体型圆长与黑鲤相似，体色斑驳又似鲈鱼。

　　塘鳢鱼是江南风物，阳光下，塘鳢鱼一副慵懒的神态，比醉了酒的贵妃更甚。别看它长得土气，它还有两个诗意的浑名，一为"菜花鲈",一为"桃花痴子"。称"菜花鲈",是因为菜花金黄时,塘鳢鱼肉质最细嫩,味道最鲜美。

相比于"菜花鲈","桃花痴子"的诨名更有意思。光听名字,让人误以为它是情种,有什么剪不断理还乱的感情债。"桃花痴子"跟风流无关,只因桃花开时,塘鳢鱼满腹鱼籽,圆桶形的身子更显笨重,看上去傻头傻脑,故名。

"菜花鲈""桃花痴子",跟节气、风物有关。它的另一个名字,则相当威猛,叫"虎头鲨"。塘鳢鱼身长通常只有两三寸,脑壳大而头扁,看上去有点凶巴巴,人称"虎头鲨""虎头呆子""痴虎"。鱼类跟植物一样,诨名多,证明分布区域广。

塘鳢鱼这么多的名字,把美食家汪曾祺都搞蒙了。汪曾祺在《故乡的食物》中写道:"苏州人特重塘鳢鱼。上海人也是,一提起塘鳢鱼,眉飞色舞。塘鳢鱼是什么鱼?我向往之久矣。到苏州,曾想尝尝塘鳢鱼,未能如愿。后来我知道:塘鳢鱼就是'虎头鲨',嘻!"

汪曾祺的这一声"嘻","嘻"得有意思!

二

塘鳢鱼其貌不扬,是个呆头呆脑的"土肥圆"。不过一身细肉,倒也鲜美,煎之,煮之,蒸之,俱可;加腌芥做汤、做羹,尤鲜。

在江南，塘鳢鱼、蚬子、螺蛳、河虾、竹笋、春韭，被视为春菜名鲜。苏州人最重塘鳢鱼，开春的头件事，就是吃塘鳢鱼。他们的食鱼清单俱是江鲜，跟我老家台州的食鱼清单大不相同："正月塘鳢肉头细，二月桃花鳜鱼肥，三月甲鱼补身体，四月鲥鱼加葱须，五月白鱼吃肚皮，六月鳊鱼鲜如鸡，七月鳗鲡酱油焖，八月鲃鱼要吃肺，九月鲫鱼要塞肉，十月草鱼打牙祭，十一月鲢鱼只吃头，十二月青鱼要吃尾。"对于苏州人来说，菜花黄时吃塘鳢鱼，秋风起时吃桂花鸡头米，都是生活的仪式感。江南人家过日子讲究，四时八节都有时令菜，少吃哪一样，便觉得日子过得不圆满。

在江南，春笋与雪菜是塘鳢鱼的不二搭档。江南有"象牙步鱼"，将去皮鱼肉对剖成雪白的象牙条，再以玉白的春笋丝、暗红的火腿片和碧绿的豆苗与之同炒，滋味隽永。

塘鳢鱼的腮帮子肉，豆瓣大小，极为鲜嫩，被称为"瓜子"或"豆瓣"。与冬笋指甲片、雪菜丁同炒，或与雪菜同炖，加火腿丝、春笋丝和鸡汤，曰"炒瓜子"，曰"雪菜豆瓣汤"，是江南名菜。雪菜的氨基酸、笋丝的天门冬氨酸，与塘鳢鱼体肉的谷氨酸、核苷酸，彼此激发，鲜味绵长。春日里，春笋从黄泥地中破土，塘鳢鱼从河泥中跃出，大地与河流的鲜味，在舌尖交汇。

宋代皇室也爱这豆瓣肉。《玉食批》是宋代太子的菜单，记载了南宋皇帝每日赐给太子的美食，有鱼、蟹、蚌、虾、螺、蛤蛳、牡蛎、江瑶等各种海味江鲜，皇室的豪奢靡费可见一斑。
"如羊头签止取两翼，土步鱼止取两腮"——其他直接扔掉。可
见，至少在宋代，塘鳢鱼的两腮，就被视为无上美味。

三

我在家烧塘鳢鱼，只用最简单的方法，清炖。

塘鳢鱼是个小不点儿，用来炖蛋，极鲜极美。碗底先放鱼，
再倒入打好的鸡蛋液，旺火清蒸，起锅前放几茎清绿豌豆苗。鱼
肉鲜美，蛋羹滑嫩，豌豆苗清碧，有早春阡陌纵横的田野气息。
如果是雌鱼，卵块满腹，口感更丰富。

很少有一种鱼，像塘鳢鱼一样，在评价上如此两极分化。苏
杭人家视塘鳢鱼为上品，我老家人却颇瞧不上它。

从前故乡河道众多，塘鳢鱼随处可见。这厮天真又傻气。调
皮小子随便找块破瓦片、破布鞋、破罐子，用绳子系了，一头系
在河边树上，一头放下，塘鳢鱼就会傻乎乎地钻进去。第二天，
一扯绳子，就会扯上一两条上当的呆子。在河埠头，小孩拿个篾
箩，撒几粒米饭，没多久，这呆子也会自投罗网。

过去，这厮多了去，谁稀罕它？它跟河塘螺蛳、昂刺鱼一
样，是贱货，上不了大台面。现在，塘鳢鱼少了，身价就高了。

春末夏初，宝青陪我去桐乡采风。俞沉妹妹热情招待，点的

籴调羹步鱼（盛钟飞/供图）

几样小菜，清清爽爽，吃得落胃。其中有一道红烧小鱼，味道极为鲜美。几个姐妹只道好吃，却叫不出名字。我说这是塘鳢鱼，俞沅妹妹夸我识货。她说，这是提前一天预订的，好不容易才订到四五条，一人一条，多一条都没有。众人不免唏嘘。

从贱货到尖货，二十年间，塘鳢鱼在舌尖上完成了阶层跃升。

春后银鱼

一

抵达春天的，可以是一朵花、一场春雨、一声春雷，甚至可以是一条鱼。比如江中的刀鱼、河里的鳜鱼、湖里的银鱼、海里的梅童鱼。

刀鱼、鳜鱼、银鱼、梅童鱼，四季都有，但只有在春天，在草长莺飞、杂花生树的背景下，才格外清润鲜美。鱼是有气质的，比如大马哈鱼，如北方的彪悍壮士；刀鱼，是南方的白衣秀士；银鱼，晶莹剔透，目两点黑，是纤尘不染的南方美人。春天，成群银鱼在水中游过，银光闪闪，如无数道飞逝的光芒。

春分过后，天亮得比以前早。不到六点，天空就露出鱼肚白，也就一杯茶的时间，鱼肚白变成宝石蓝。我一个人的早餐，

银鱼(赵盛龙/供图)

向来简单，两个青团，一碗银鱼干鸡蛋羹。银鱼清鲜，蛋羹细嫩，青团带着早春的植物清气。

从前到太湖赏樱，吃著名的"太湖三白"，第一碗就是银鱼跑蛋。一条条小银鱼，通体雪白，混杂在金黄的炒蛋中，有金玉满堂的富贵气，隐约可见几粒小黑点。也吃过雪衣银鱼，以银鱼蘸上打成泡糊的雪白蛋清，如雪落平原，清寂无声。还吃过青韭炒银鱼，春日初韭配湖中银鱼，青白分明，有山野湖泽之气。

二

银鱼生活在咸淡水交汇的近海和河口。在水中，色泽如银，一出水即变白，冰清玉白，如古墓派不食人间烟火的小龙女。

银鱼纤细，两三寸长，如美人头上的玉簪，故又称"玉簪"。银鱼还有另外一个雅名，叫"玉箸鱼"，言其玉白透明，如白玉筷子。古人真是风雅，给鱼起个名，也是那般诗意曼妙。银鱼还有些诨名，"粉条""绣花针鱼""银条鱼"，皆是以形而名。在我老家，银鱼被称为"面鱼"。银鱼最妙之处是腹中纯净。小银鱼无鳞无骨无肠，食时无需剖肠清肚。

银鱼生命短暂，只有一年。春天产卵于芦苇与水草的茎叶上。产卵前，雌鱼游于水中乱石间，直到肚子被石头划破，鱼卵才能从肚子里排出。这种破腹产卵的方式，惨烈异常。新生命诞生之时，雌鱼在剧痛中身亡。自然界中，为孩子甘愿奉献一切乃至生命的，只有母亲。

海里也有银鱼，主要分布在入海口，数量少，名气不及江湖上的银鱼。北宋诗人唐庚与苏轼是小同乡，文采风流，有"小东坡"之称。当年跟苏轼一样，也被贬广东惠州，他写过一首诗，题为《白小》，白小就是海银鱼："二年遵海滨，开眼即浩渺。谓当饱长鲸，糊口但白小。百尾不满釜，烹煮等芹蓼。咀嚼何所得，鳞鬣空纷扰。"他在诗中发牢骚：住在海边，一睁眼就是浩渺的大海，原以为可以饱食几餐鲸鱼，没曾想日日吃的是又白又小的海鱼。这白鱼与芹蓼同煮，一百条也不能满锅。咀嚼之下，真的没啥肉头。我仿佛看到唐庚边吃白鱼边翻白眼的样子。

太湖银鱼名头很响。其实，我老家的银鱼也相当不俗。明成祖时它就是贡品。《明实录》记载，明朝曾置"银鱼厂太监"，专门负责采购紫蟹、银鱼等鱼鲜，供皇帝及宫廷食用。当时天津兵备贾之凤体恤百姓，为银鱼之贡向明熹宗呈上奏章：现在时事多艰，津海疲累，请求撤销征收银鱼的机构。御史卢谦也认为说得有理。但皇上不理这个茬，下旨道：银鱼是专供太庙的鱼鲜祭品，照旧供应，类似的胡说八道，以后不要上奏了。

三

春后银鱼霜上鲈。银鱼曾是鉴洋湖的当家花旦。

自从朵云书院落地黄岩，黄岩便走得勤了。过去几年走一次，现在一年走几次。鉴洋湖在黄岩鸡笼山下，是古海湾演变而成的潟湖。从前湖面广阔无比，有两千亩许，纵一里，横五里，浩浩荡荡，水天一色。现在这里是城市湿地公园。

我去时，正是清明时节。几百亩桃花，刚刚谢了。树上的枇杷，已然结了青果，到了立夏，就会黄熟。湖边水田漠漠，几只白鹭在田里啄食，布谷鸟一声接一声，几个农夫在水田里插秧，一只黄鹂卷着舌头，在柳树上高歌。鉴洋湖中的银鱼，曾经多如野草。清时县志有记："水多银鱼，长寸许，如小蓰叶，色如白银，味最美。"湖中银鱼，细长如蓰叶，透明银白。日光一照，湖面上金光与银光闪烁，湖边人家，乘一叶扁舟，捕蟹捞鱼。木桶里盛着万千条银鱼，沿街叫卖，或做羹或跑蛋，是山里人家的舌尖美味。

才子落笔洒金笺，美人纤手脍银鱼，都是美好的事。银鱼纤巧小细，经不起浓油煎煮，若一番折腾，则易失了魂。有人将它裹上淀粉油炸，虽然酥脆，却到底失了本味。它最适合的是炖汤、做羹。银鱼放钵子里，倒一点绍酒，加一点米醋，撒一把青葱，倚白偎翠，荤里透素。或加点火腿丝、笋丝，鲜香之气，随着白白的烟气蒸腾而出。熟后，颜色变成玉白，妩媚到让人不忍下箸。清早煮粥，撒一把银鱼干，清淡之粥，滋味绵长。日本有生银鱼盖饭。一团银白的银鱼，铺于米饭之上，撒上海苔丝、配点酱菜。奢侈些的，搁三两片生鱼片或几只红虾，口感清鲜，如潮水漫过沙滩，又如西风吹来鱼鲞香。

只此青鱼

一

清明时节又去了寒山湖，一路上布谷鸟叫得欢，下过雨，地里的庄稼油油地绿。寒山湖比往日清静许多。从前这里有度假村，一排排小木屋向湖而立，我也住过几回，看山，看水，看云，恁地自在。湖边曾有小饭店，烧的都是湖鲜、炒螺蛳、清蒸鱼干、红烧胖头鱼。因为水源保护，前几年，度假村和湖边饭店都关闭了，周边也不再允许闲杂人等进入。

朋友陈宏来接应，他就在湖边上班，日日看书、冥想、发呆，端的是闲云野鹤，仿佛隐士一般。

沿湖而行，与陈宏一路闲谈。阳光打在白墙上，显出斑驳的影子。湖边一枝孤独的油菜花，在风中摇曳。陈宏指着湖水道，从前这里有很多鱼，有白鲢、花鲢、鲫鱼、草鱼和青鱼。年关边捕鱼，一网网捞上来，足有几十万斤。寒山湖养这些鱼，不是为了吃，为的是净化水质，毕竟寒山湖是大水缸，供应着下游几十万人的日常用水。

湖中之鱼，最受欢迎的是青鱼，色青白头，脊微乌，又叫"乌青""黑头"，听着像是青皮愣小子。青鱼最爱吃螺蛳，故湖边人家称之为"螺蛳青"。它食相凶猛，夜深人静时，如果在水边，你能听到它"喀啦喀啦"啃吃螺蛳的声音。它的枕骨下方咽喉部有"青鱼石"，一口就能把坚硬的螺蛳壳咬碎。"青鱼石"如琥珀，如蜜蜡，可当饰品。苏东坡有《鱼枕冠颂》，鱼枕冠就是以"青鱼石"为饰的帽子。陈宏爱收藏，藏有数枚"青鱼石"，他说，品相好的"青鱼石"，能卖到数千元一枚。

青鱼是大块头。从前寒山湖冬季捕鱼，时常能打捞上三十几斤重的螺蛳青，甚至有上百斤的巨无霸螺蛳青，与村民齐肩高。周边村落，冬季干塘，也常能捕到很大的螺蛳青。年节边上，打捞上一条百余斤的螺蛳青，简直跟杀年猪一般开心。

二

青鱼全身可做菜。鱼头滚成洁白浓汤，加粉丝，或加豆面，或加豆腐，滚得噗噗响，最宜在天寒地冻时享用。吃出一身微汗，直道痛快。农家做菜，没有花里胡哨的前戏，往往直奔主题。

青鱼的尾巴与下巴，可大做文章。尾巴俗称"划水"。青鱼在水中游动，鱼尾不停甩水，肉质坚实鲜美。道行深的人，称之为"活肉"。鱼唇单独做菜，叫"红烧封嘴"，鱼唇谐音"愚蠢"，哈哈，还是少吃为妙。

青鱼的五脏六腑，也可入馔。鱼肠剪开洗净，做成"卷菜"，鱼肝做成"秃肺"，嫩如猪脑。江南有"烧秃卷"，烧的就是青鱼肚肠中的物事，肠、肝、籽等。至于鱼鳞，用小火细烹，吊出高汤。天冷时放一晚上，就是鲜美的鱼冻。

青鱼的重头戏在鱼身。红烧青鱼段的味道，比清蒸好多了。也可切块腌渍，再放锅里油炸，外焦里嫩。

江浙有龙井鱼片，鱼片有用鳜鱼的，也有用青鱼的，配料除了龙井茶叶外，还有熟火腿末、熟竹笋、香菇、鸡蛋清。做法有点烦琐，至于味道，并无什么出奇之处。唯一好处就是有点小清新。

三

青鱼冬肥夏瘦，山里人家喜欢晒青鱼干。年关边上去寒山湖，湖边一排排竹竿，晾着对剖开的青鱼，接受着阳光和朔风的洗礼。青鱼肉厚刺少，宜腌制腊鱼。

　　吃螺蛳长大的寒山湖青鱼，肉质紧致，腌后格外味美。别地饲料喂大的青鱼，肚皮鼓大，松松垮垮，如油腻中年人的肥肚，味道差得不是一星半点儿。

　　腌制时，最好挑十斤以上的青鱼。太小，肉质不够肥厚，太大，腌不入味。青鱼剖开，清理掉鱼鳃和内脏，无须刨鳞，直接抹上粗盐。腌时放一点花椒，抹匀，放入大缸，压以大石。放置五六日，起缸，洗净晾晒，用绳子从鱼嘴穿过，其余的交给时间。讲究些的，晒至鱼皮微微起皱，还要涂一遍茶油。十天半

黄豆青鱼干(盛钟飞/供图)

月，就是焦黄的青鱼干了。还有的将鱼干浸于装有熟茶油的瓦坛中，用黄泥封口。等到夏秋开食，味道极佳。亦有封三冬三夏开食者。此时的鱼干，色泽红润，状如火腿肉，久藏不坏。

除了腊鱼，也有做糟鱼的。将青鱼剖净、晾干，切成一块块，放在米酒坛子里，将酒酿、白糖、黄酒、糟烧调制成汁，淹没鱼块，封存起来。十天半月，酒香渗入鱼身，鱼肉呈枣红色，肉质一层层如玫瑰花瓣，旧时称为"青鱼鲊"。

古人认为，鱼鲊中，唯青鱼最美，补胃醒酒，温营化食。吃时，捡一块腊鱼段，放入火腿片、冬笋片、香菇、青菜心，撒些姜丝、蒜末，倒些白酒清蒸，喜辣的，撒一撮辣椒丝。蒸熟后，鱼香袅袅，肉色红白分明，鲜味扑鼻。

青鱼干下酒过饭都是极好的。绍兴人的过酒坯，有茴香豆、五香豆腐干和茶油青鱼干。周氏两兄弟都爱青鱼干，鲁迅在京沪工作时，还专门托同乡捎带青鱼干，以解乡愁。

海边人家吃的鲞，多半是黄鱼鲞、鳗鱼鲞、墨鱼鲞。山里人家吃青鱼鲞。外面寒风呼啸，屋里炉火温暖，自酿的番薯烧或米酒轮番上桌，再来一盘蒸熟的青鱼干，鱼肉撕扯着吃，土酒大口地喝，喝到脸色酡红、两眼迷离，这一年的辛苦一笔揭过。

翘嘴白鱼

一

中国有两个省因河而名，北是黑龙江，南是浙江。钱塘江，古称"浙"，全名"浙江"，又名"之江"。

钱塘江浩浩荡荡，从我家门前流过。大江大河出大鱼，江上有各种鱼，草鱼、青鱼、鲢鱼、鳜鱼、鲈鱼、鳙鱼、鲟鱼、鳊鱼、鳎鱼、鲻鱼、鳍鱼（花鳍）……林林总总百来种。

越地人家把江鱼分三六九等，白鱼为上，鲈其次，鳜再次。白鱼和刀鱼一样，是江鱼中的头牌。"太湖三白"中，也是白鱼居首。比起苗条单薄的刀鱼，白鱼丰满高挑得多，一二斤常见，大的有四五斤。

我家楼下三四百米处就有鱼市。钱塘江的禁渔期是三月到六月，除了这几个月，鱼市皆闹猛。早晨六点多，就有渔人来摆摊，卖刚从江上打捞来的鲜货，有昂刺鱼、鲈鱼、鳗鱼、鲤鱼、鲢鱼、青鱼，也有大白鱼。江鳗和白鱼最受欢迎，半斤以上的江鳗要700元一斤，一亮相，就被老道的吃货喜滋滋拎走。看中白鱼的人也不少。我去过几次，都晚了一步，只剩青鱼、鲈鱼之类。

有一次，老友远道而来，我赶早去鱼市，好不容易抢到一条白鱼，喜出望外。中午的清蒸白鱼，就成了压轴大菜。这条白鱼，如唐太宗的白袍小将，箭穿五唐甲，三箭定天山，以一己之力将家宴推向高潮。朋友是海边人，向来嘴刁，吃鱼挑剔。不过，对白鱼的鲜美，他再无二话。他是鱼族知音，舌尖经历过江海的大风大浪。他说，江鱼海鱼之鲜，各有千秋。海浪奔涌，海水压力大，海鱼大多厚实鲜甜。江鱼生活在江中，水流平缓，肉质更为细腻清鲜。

二

白鱼身形修长，如血战长坂坡的赵子龙，白袍银甲，白马银枪。杜甫曾大赞，"白鱼如切玉"，说它颜如美玉。白鱼的大名为鲌，玉面长身，嘴巴上翘，神情高傲，带点不屑，浑名为"翘嘴鲌""翘嘴白鱼"，也有直接称它为大白鱼的。

白鱼体型似刀，古人视之为兵象。《史记·周本纪》记载了一件事：周武王乘船渡河，船走到河中央，一条白鱼跳进武王的船中，武王俯身把它抓起来祭天。渡河之后，又有一团火从天而降，落到武王住的房子上，转动不停，最后变成一只乌鸦，赤红的颜色，发出鸣叫。这时，诸侯们从四面八方不约而同会集到盟津，足有八百多人。盟津即孟津，正是黄河中游和下游的分界，水流湍急，船桨击水，白鱼、鲤鱼跳将起来，落入舟中，并不少见。但在武王眼里，白鱼入舟是殷亡周兴之预兆：殷商崇尚白色，白鱼银鳞白肚，仿佛是殷商军队的化身，故视为商朝王权。如今白鱼好端端跳入周武王所乘之舟，预示殷商军队将向周武王归顺，周武王必将一统天下。

华夏民族对鱼族的认识，散见于正史、野史、神话、传说、笔记和地方志书之中，有很多想象和附会。在古代，白鱼不止一次被神化，《独异志》记载，宋顺帝时，峡人微生亮在溪中钓得三尺长的白鱼，正待取鱼烹杀之时，白鱼化为曼妙少女，自称为高唐之女，微生亮遂与之结为夫妻。而在《三吴记》中，大白鱼化身为英俊少年，博得余姚王素家女儿的欢心，被王素看破，现出原形后被杀。

某年，参加"浙东唐诗之路"采风。活动的主题是"唐诗之路，缘起渔浦"，听上去很是诗情画意。渔浦以江鲜出名，品鲜也便成了采风的一大内容。中午在江边饭店品江鲜，上来一条四

夏日江边鱼市(朱宏亮/供图)

尺多长的大白鱼，是清早刚从江上捕获的。调料略腌，肉身紧致，上竹蒸笼清蒸，在热气的裹挟中，白鱼的身子变得透亮，带着鲜香与润泽。

蒸好后，柔弱娇嫩的大白条，玉体横陈，躺在众人面前。眼乌珠弹出，成了白眼。身上的鱼肉，肥腴清鲜，恍若一条清溪，可听溪声哗然；又如雨后春山，但见半山云雾。那种清鲜，是春日花田的清气，是深秋草间的露水。腹中肚皮带着一层油脂，颤巍巍，肥嘟嘟，甜丝丝，如云空、檐雨、流泉、清潭，带着江南的湿润。与嘴唇一接触，带着几丝黏性，鱼脂渗入鱼肉中，回味有丝丝甘甜。有位画家，黄酒多喝了几杯，满脸通红，直道醉也。回家之后，借着酒兴，大笔一挥，"嚓嚓嚓"画了一尾白鱼，得意地拍照发给我。那大白鱼的神情，如画家本尊，带着几分不屑。

三

白鱼跟带鱼一样，最妙之处是肚皮。

白鱼细皮嫩肉，宜温柔对待。翻翻旧时食谱，古人对待它，未免失之粗暴：要么腌制成糟鱼，要么油中煎炸，要么微火炙烤，要么打馅做饼，要么配豆豉煮汤喝。北魏时期，还流行一种匪夷所思的吃法：鸭肉去骨绞碎，加醋、酱瓜、鱼酱汁、姜、橘皮、葱、豉汁等各种调料，烤熟；再把鸭肉从鱼背上塞进鱼肚里，用签子串起来，用炭火烤到半熟，再用少量的苦酒，和杂鱼酱、豉汁调成的酱汁，刷在鱼上，这便是酿炙白鱼。

要说在吃上的精细，还得数袁枚。袁枚在《随园食单》中兴致勃勃地说，白鱼肉最是细腻，与糟鲥鱼同蒸，最佳。或冬日微腌，加酒酿糟上二日，也不错。鲜活白鱼，用酒蒸食，美不可言。糟制时，不可太久，久了，鱼肉会变"木"。袁枚的"粉丝"夏曾传在其后注解："白鱼不用佐料，用酒淡蒸，以姜、醋赞食，与蟹绝似。"用酒淡蒸的白鱼，竟然能吃出蟹味！

清蒸是激发活鱼鲜味最好的方法。我一向认为，至鲜之鱼，隔水清炖，便足够鲜美，其余都是多余。有人蒸白鱼加笋片、虾子、火腿、咸肉，简直是多此一举。卿本佳人，无须满头珠翠，天然本真最是美妙。就像《牡丹亭》里杜丽娘唱道："你道翠生生出落的裙衫儿茜，艳晶晶花簪八宝钿，可知我常一生儿爱好是天然。"

知味观·味庄有钱江白鱼，吃过几回。知味观的点心一向称道江湖。鲜肉小笼、松丝汤包、猫耳朵、糯米素烧鹅，为吃货所称道。其实，那里的几个杭帮菜也很有特色，只是被各式点心抢了风头。

这家店在杨公堤上，能看见西湖粼粼的波光。那一日，女友从西安来杭，姐妹们相聚杨公堤，店里的行政大厨盛钟飞准备了一桌好菜，盛大厨亲自操刀。冷菜有梨园舞袖、鲜虾马兰头和蟹黄豆腐；热菜更是道道鲜，河虾还带着子，鲜得灵魂出窍。白鱼卧白盘，如雪野茫茫；鱼身上几缕葱丝，如春草萌发。鱼肉清糯，迅速在嘴里消融，风轻云淡下暗藏风起云涌的鲜。

众姐妹难得聚在西湖边，还喝了点小酒。好花、好景、好湖、好鱼，我忽然有淡淡的感伤。张潮在《幽梦影》里说，美好人生不过如此——"值太平世，生湖山郡，官长廉静，家道优裕，娶妇贤淑，生子聪慧，人生如此，可云全福。"也是，生湖山郡，湖中有蟹，江上有鱼，山间有笋，知味停车，闻香下马，三两知己，谈笑晏晏。虽然世事纷扰，此时此刻有此闲心，便是人生的小确幸。

暴腌后清蒸，是对白鱼的最高礼遇（盛钟飞/供图）

浪里白条

一

小时候看《水浒传》，书里有一百零八将，我只喜欢林冲、武松和张顺。张顺生得雪白如练，水性极好，可以在水下潜伏七天七夜。在水中穿梭时，快速无比，似白条闪现，故称"浪里白条"。张顺跟随宋江攻打方腊，杀到杭州涌金门，为了里应外合，他潜入水下，想游进城内，未曾想惊动守城将士，滚石和檑木滚滚而下，张顺躲闪不及，被砸死在西湖底。

《水浒传》中的好汉，都有绰号。"火眼狻猊""锦豹子""双尾蝎""锦毛虎""九纹龙""插翅虎""青面兽"，个个凶猛，这些都是神话中的走兽飞禽，谁也没见过。只有浪里白条，打小熟悉，因而觉得亲近。

白条，水中常见，在我们老家称为白条子、鲦子，杭州人称之为"潮条佬"（鳌鲦佬），正经的叫法，则是鳌鱼。

白条身形细长，成群地在水中穿梭，亮白的鳞片容易反光，在阳光下游动时，一翻身，就有闪闪的银光。它们常成群结队浮游于水的上层，食草间的浮游生物和碎屑，也吃水草间的鱼卵。在岸上折根柳枝挑逗它们，小家伙见柳条靠近，身子一闪，倏地就溜了。小白条喜欢结伴出行，如刚散学天真烂漫的孩童，"呼啦啦"地涌出校门。

二

少年时，常跟小伙伴到溪边疯玩，撩虾、捉泥鳅、兜白条。把菜篮子、畚斗沉到水下，撒些米糠，过一会儿，猛一提，篮子里就有几条小白条、小虾。那时候，溪里的鱼真多啊。

男孩子顽皮，捉鱼经验比我们丰富。在小河水浅石多处，拦起小小的水坝，挖一个孔出水，再用网兜拦上，拿着柳枝"啪啪"击打水面。小鱼小虾吓得四处乱窜，随水而下，落入网兜，成为战利品。

捉到的泥鳅和河虾，就地"分赃"，见者有份。一人分得几条，装在玻璃瓶里，放几根水草一点沙石，可以养好多天。泥鳅与河虾，是我们童年的宠物。小白条性烈，小家伙在水里活泼得紧，一出水就"挂了"。

四五月间，乡间的紫藤花开了一串串。江南的夏天到了，灵江上的小白条更多，它们兴致勃勃地在水里转圈圈，荡起一圈圈的水涡。南方雨季来时，天气闷热潮湿，小白条喜欢钻出水面透气。水边常有钓鱼人，大清早，鱼竿排成一排排，钓上来最多的，便是鲫鱼和白条。钓白条没什么技术含量，小家伙太贪吃了，又喜欢抢食，钓饵还没放到底，在半路，就被贪嘴的小白条"截和"了。

我看着野生鲫鱼眼馋，央他们卖几条鲫鱼给我。他们说，卖是不卖的，想吃的话，送你几条吧。我拿了两三条巴掌长的野生鲫鱼，裹在芭蕉叶里，回去熬了豆腐汤。他们送我几条小白条，我没要。

江边钓鱼人,有时能钓到大鱼,有时只能钓到小白条(朱宏亮/供图)

三

小白条状如柳叶，长不过数寸，是鱼中贱品。油炸小白条，最是常见。小白条裹一层淀粉，在油中炸得金黄喷香，连细刺都炸得酥松，撒点细盐，空口就很好吃，下酒更佳。或者去头，挤出内脏，用小火略煎，与雪菜同烩，下饭极好。雪菜是各种鱼的良伴，与鱼搭档，可以提升鱼的鲜度。高档的如雪菜黄鱼，低档的如雪菜水潺、雪菜小白条。

也有不炸不煎的，放在太阳底下晒干，晒成白条鲞，夏天下面条、烧冬瓜汤和丝瓜汤，放上几条，增鲜不少。寻常人家夏日的过粥小菜，有蒸白条鲞。

越地人家，历来重节俗。端午是大节，越地要食"五黄六白"。"五黄"为黄鳝、黄鱼、黄瓜、黄泥蛋（咸鸭蛋）、雄黄酒，或三黄鸡、枇杷等；"六白"是小白菜、茭白、白豆腐、白条、白切肉、白斩鸡，或大白鹅、白酒、白蒜头等。白条中，条件一般的吃便宜的小白条，考究的要食大白条，即白鱼。

小白条是白鱼的远房亲戚，两者小时候长得像，常被人混同。钱塘人家，也习惯把白鱼叫作大白条。只是小白条头小体短，长不过数寸，体重不足两，不像白鱼修长俊美。

因为卑贱，小白条没有骄傲的资本，嘴巴翘得不如白鱼厉

白条鲹

害，身价更不如白鱼。小白条与白鱼的阶层差别，好比土鸡与锦鸡，好比池塘小龙虾与东海锦绣龙虾。

不要因为白条小，就小瞧它。白条是庄子哲学思想的载体，当年庄子与惠子在濠水桥上游玩，见桥下鲦鱼成群游动，很是天真快乐。庄子道，鲦鱼出游从容，是鱼之乐也。惠子抬杠道，你又不是鱼，你咋知道它们快乐不快乐？庄子是个杠精，反驳道，你又不是我，你怎么知道我不知道鱼快乐不快乐呢？这就是著名的"濠梁之辩"。

鲦鱼就是小白条。浪里白条的逍遥快乐，庄子是知道的。

窈窕香鱼

一

南宋林洪《山家清供》中有石子羹，在溪涧拣拾一二十个带苔藓的洁净石子，以泉水烹煮，水滚后饮之，水质甘甜清冽，隐隐有泉石韵味。林洪食石子羹，不过偶一为之，而家乡的溪流中，有一种香鱼，日日食的是石子羹。若论高洁，当数香鱼。

香鱼长得俊俏，体形修长。野生的香鱼，鳃盖与鱼鳍金黄，腹部银白闪亮。它们生活在海水与淡水相通的溪流中，以石上青苔为食。因自带香气而得名。如果鱼族也选美，相信它能获封"鱼中香妃"。

春夏间，香鱼幼鱼成群结队从海中进入河口，再上溯到溪流栖息生长。炎炎夏日，乡间木槿花、蜀葵、鸡冠花开得热烈，此时溪流清澈，水温适中，是香鱼的成长季。待到江南桂花遍地开，秋风吹动，香远溢清，香鱼的香气也被吹到岸边，淡淡如青瓜味，古人称之为"香鱼风"，让人分不清到底是桂花香还是香鱼香，只觉得江南真好，植物含香，稻麦含香，甚至连鱼，都自带香气。

二

野生香鱼体态优雅，骨骼清奇。它们生性娇贵，且有洁癖，对居住环境和生活品质要求非常高，只生活在山回涧折、不染泥尘的清泉白石中。浙东苍山下的泳溪、三门的横渡溪、南北雁荡的浦溪湾、松坡溪、楠溪、宁海的凫溪，溪水清澈，过去香鱼很多。

天台苍山有野樱花。某年春天，我特地驱车上山看野樱花，山路狭窄，最窄处，只容一车经过。山上有大小石蛋，颜色黝

香鱼（赵盛龙/供图）

黑，这些都是火山石。野樱花开时，常有人带着帐篷上苍山。日未出时，山顶云雾被风吹动，游来荡去，有如仙境。

山长水远，苍山脚下的泳溪，清澈异常，一路奔流，注入浩渺的东海。香鱼生长所需的水温，在一二十度间。深秋的山溪，清冷刺骨，发育成熟的香鱼在靠近入海口的砾石滩产卵。产卵后的雌鱼，身体瘦弱，大多力竭而死。幼小的香鱼随淡水被冲到下游，独自上路，入海过冬。绵长阴冷的冬天过后，溪流变暖，杏花春雨的江南，又把它们从大海召唤回溪流中。在海中，它们以浮游生物为食；进入溪流江湖后，则食岩石上的青苔、绿藻。这样的远行，无关诗与远方，只关乎生存。

野生香鱼性子伶俐，活泼好动，喜欢光亮。村民黑夜点燃火把诱鱼，或用丝流网捕捉，常有收获。香鱼多刺，鲜食较少，多用木炭烘焙，熏制成与弹涂鱼干一样的香鱼干，久藏不坏。

每个人的故乡都在沦陷，鱼族也一样。香鱼本是海河洄游型鱼类，大海是它的原乡。而现在，人类修水库、筑堤坝，断送了它回归大海的路。为了生存，被截留在淡水河流中的香鱼，无法再像老祖宗一样洄游，只能终生以淡水为家。

余生也晚，野生香鱼未尝得见。见到的，都是养殖的香鱼，身子比野生的丰腴了几分，而香味，则减了几分。

三

三国时《临海水土异物志》里记载了这种鱼，"三月生溪中，裁（月）长一寸，至十月中，东还死于海，香气闻于水上，到时月辄复更生"。故香鱼又称月鱼、年鱼。在清流中长大的野生香鱼，背脊上，有一条满是香脂的腔道，能够散发出阵阵清香。

过去，天台东乡的泳溪产野生香鱼。现在，西乡的龙溪，成为天台养殖香鱼的最大产地。为了找寻香鱼的踪迹，我从泳溪一路追寻到龙溪。

龙溪有好水，春水涨时，流水哗哗。湍急的溪流，奔腾而下，声音如瀑，激起的白色水花犹如浪花。溪流不远处，便是龙溪淡水养殖场，砌着一个个池子，无数的香鱼在水中嬉戏。

养殖场的葛老板说，七八月间，龙溪香鱼就能上市。这些香鱼，被销往不产海鲜的台州北部山区县，直至嵊州一带。我好奇地问，为什么不销往沿海县市呢？葛老板说，那里一天到晚有海鲜吃，对淡水鱼没大感觉。

四

某年我去青岛崂山，朋友推荐吃当地的清炖香鱼。崂山因蒲松龄的小说《崂山道士》而出名。崂山的道士剪纸为月亮，把筷子变成嫦娥，壶中有喝不完的酒，过墙时如空虚无物。崂山的朋友神神道道地说，这里的香鱼是仙人抛撒人参种子所化。

崂山的清炖香鱼固然鲜美，但若论香脆，怎么比得上天台烤香鱼呢？

在佛宗道源的天台，稳居鱼族咖位的，不是东海如雷贯耳的大小黄鱼，而是香鱼。七八月间，香鱼最是鲜香肥美，最宜烧烤。

香鱼身形伶俐，大的不过二两。都说鱼要吃活的，但香鱼是个例外。香鱼捞上岸后，要立马冰冻。没有冰冻过的香鱼，烧烤时，鱼皮会"溜"掉，难免破相。冰冻过后，才能烤出外皮完美的香鱼。烤时，用一根竹签把香鱼串起来，在鱼背抹上细盐。细盐既为调味，又避免烧烤时热度过高，鱼皮焦裂。在炭火的熏烤中，香鱼体内的香脂慢慢渗透到全身。

烤香鱼酥香松脆，吃时能听到"咔嚓咔嚓"的脆响。撒点胡椒粉，滴上一两滴柠檬汁，更能烘托出鱼肉的鲜美。老饕们知道，香鱼身上最美处，在于脂肪丰厚的背脊。香鱼性温凉，风火牙痛时，当地人会来几条香鱼，据说能祛火止痛。

日本人奉香鱼为仙品，称香鱼的香味"一味入魂"。前些年，天台香鱼大量出口日本。我去日本东京时，特地点了日料中的天妇罗香鱼和香鱼炊饭。香鱼炊饭，是日料中的经典，是把鱼烤过后与饭同煮。饭熟后，带着鱼的鲜香。再将鱼去骨剔刺，将鱼肉与米饭一同拌食。吃着吃着，我在他乡竟然吃出故乡海鲜饭的感觉。

君子好鲤

一

七月初，梅雨还未离场，江南闷热潮湿，我从杭州直飞兰州。相比于湿热的江南，兰州干燥而微凉，让人神清气爽。按照计划，我会在兰州停留三日，再飞往西藏。

我是冲着皮筏和鲤鱼来的。黄河、皮筏、鲤鱼、拉面，是兰州的标签。车一进入兰州城，我就被那一波壮阔的河水吸引。黄河穿兰州城而过。这座发源于青海巴颜喀拉山脉的中国第二大江，流经中国九个省区后，注入渤海。我对祖国的大江、大河、大海，一向怀着深沉的敬意。我走过黄河沿途的所有省份，我在青海黄河源看过从天而来的黄河水，这一段河水清澈无比，倒映着湛蓝的天空，是幽深的青蓝。我听过壶口瀑布如雷般的咆哮，也看过中原大地浑黄的泥浆淤积成的滩涂。

兰州是黄河冲积谷地，黄河经此拐弯北上。上一次来兰州，是十年前，打马而过。这一次时间充裕，自然要坐羊皮筏子渡一段黄河。

羊皮筏子古称"革船"，是一种原始而古老的水上交通工具，由羊皮制成，经过晾晒的皮胎，黄褐透明，用嘴吹气，吹成圆筒，一只只绑在水曲柳木条做的木框子下，成了渡人、运货的皮筏子。我来之前，黄河刚下过几天暴雨，河水浑浊且湍急，同伴都劝我小心，不要冒这个险。我丝毫不怵，出门在外，从来都是生死由命。我坐上皮筏子。顺流而下，天上白云朵朵，脚下河水滔滔，我就在黄河中央。一条鲤鱼在我眼前倏地跳起，一个漂亮的鱼跃，又倏地跃入黄河深处。

黄河途经的每一个省份，都有黄河鲤鱼。《诗经》中有"岂其食鱼，必河之鲤？岂其取妻，必宋之子？"意谓吃鱼要吃黄河鲤鱼，娶妻当求高门美女。孔子最疼爱的儿子，名字就叫鲤。有一年我到青海，刚开春，吃到开河鱼——春季冰雪消融后的黄河鲤鱼，在冰层下度过一个冬天，攒下一身肥膘，身子肥硕健壮，肉质结实鲜美。还有一年谷雨，我跑去河南洛阳看牡丹，吃洛阳水席。洛阳水席铺陈如骈文，头一道菜就是葱扒虎头鲤，鲤鱼装在盘子里，作张口昂首上扑状。

兰州三日，日日吃鲤鱼。西部的摆盘，有着西部的豪放。巨

明代《食物本草》中的鲤鱼

大的船形盘子，一整条的红烧鲤鱼摆在中间，翘首向天，有鲤鱼跃龙门后的自得；盘子下层中空，放置酒精炉，炉火徐徐燃烧。鱼肉色泽红亮，咸香微辣，肉质肥厚紧致，隐含着黄河的力量，那是它搏击黄河水练就的结实肌肉。锅里的老豆腐噗噗翻滚，挟一块，有江南红烧胖鱼头豆腐的风味。

当地朋友说，从前坐船过黄河，船主会用渔网直接从黄河兜一条鲤鱼上来，往船板上一摔，剖肚去鳞。锅子舀上黄河水，鲤鱼入锅，或加酱油红烧，或以盐巴清炖。一锅鱼，一盘锅盔，一瓶白酒，黄河千里，滔滔东去。听得我甚是向往。

二

鲤鱼是祥鱼。鲁迅笔下的老家绍兴过年的仪式中，就有用红鲤鱼做的福礼。望子成龙的父母，在供桌上放一条红鲤鱼，红鲤鱼身上盖着红纸，期望儿子能鱼跃龙门，光宗耀祖。

西方"神仙"骑扫帚出行，中国神仙的坐骑就高档多了，骑着大鲤鱼出没于河海江湖。

锦鲤还是传书的信使。古时的信封有鲤鱼形状的，用两块板拼起来的一条木刻鲤鱼，中间夹着书信。后索性以鲤鱼代指书信，"有时尺素频相寄，莫负东来锦鲤波"，意思是要经常写信，莫负彼此情意。换成现在，就是要天天发微信向对方表忠心。

《红楼梦》中，多次出现鲟鳇鱼，《水浒传》里，出现的则是鲤鱼。梁山好汉的活动地点是山东的水泊梁山，在第三十八回"及时雨会神行太保　黑旋风斗浪里白跳"中，宋江想吃鲜鱼，张顺到渔船上挑选了四尾金色鲤鱼，送给宋江下酒，叮嘱酒保，一尾鱼做辣汤，用酒蒸一尾，另一尾做成生鱼片。结果，宋江贪吃，吃后腹泻不止。病好后，才有了浔阳楼题反诗。

三

"河中鲤，海中鲳"，意思是鱼之美者，莫过黄河的鲤鱼和东海的鲳鱼。鲤鱼肉厚实，鲳鱼肉细嫩，好像环肥与燕瘦，其实并没有什么可比性。

鲤鱼土腥味重，故常见浓油赤酱红烧，以掩其腥味。我在天津吃过瓦块鱼，烧的就是鲤鱼块。天津人把鲤鱼称为"拐子"，我印象极深，"拐子"在敝乡，是骗子之意。早春到婺源看油菜花，吃过一道荷包鲤鱼。荷包鲤鱼，因小头短尾，腹鼓似袋，故以荷包名之。

鲁迅日记中，有鲁迅下馆子的记录。他请文友吃饭，有糖醋软熘黄河鲤鱼。黄河鲤鱼焙面也是鲁迅爱吃的，请客时常点。

江浙一带不吃鲤鱼，认为鲤鱼是发物。不过，我老家人对鲤鱼并无偏见。我老家鲤鱼有不少，水库河塘都有。二十多年前的一场特大台风，临海牛头山水库放水泄洪，我当时住在洪池路茶田巷的一楼，院子里涌进了齐胸深的水。水退后，我从院子里的稀泥中，还抓获过一条鲤鱼。是水库放水带出来的。

家乡的水稻田里，养有田鱼，即稻花鲤鱼，有红色的，也有白色、黑色和花色的。稻花鲤鱼吃得杂，一身腥味。烹前要用刀面拍鱼，扯出鱼筋，油煎后，加辣椒、葱、蒜、姜、豆豉等各种调味去腥，红烧之后，肉厚味鲜。我尤爱结块的鱼籽，嚼之，有"啵啵"声。

我在报社工作时，有一位姓林的副总编，胖胖的，是稻田养

红烧鲤鱼

鱼的积极推动者。他不仅亲自写评论为稻田养鱼摇旗呐喊，还身体力行买来鲤鱼苗，在报社大院的水塘里养起了鲤鱼。林总经常签完稿子就过来喂鱼虫，鲤鱼越养越大，长得跟他一样肥头大耳。在某个月黑风高夜，被调皮的员工偷走打了牙祭。

从前康平路上有家店，红烧鲤鱼做得很出色。那时我还住在前丁街，走路到店里也就十来分钟，与朋友结伴去吃过几次。红烧鲤鱼分量足，要几个人一起吃才有意思。鱼身切花刀，热油煎之，加葱姜糖酒，浓油赤酱，鱼肉喷香。吃完大块鱼肉，汤汁用来浇米面（粉干），柔软绵长的米面，吸收了万般滋味，甜咸鲜完美融合。也可以浇白米饭，味道不亚于鱼翅捞饭。

谁说江南做不出好吃的红烧鲤鱼？

草根之鱼

一

　　浙东沿海，每年八九月，都有台风来袭。台风来袭前，总伴随着倾盆大雨，大雨整夜整夜下，上游水库的水，如果超出汛限水位，就要开闸泄洪。有一年台风季，正好在天台出差。难得碰上里石门水库泄洪，朋友带上我，从城里驱车过去看。随着"轰隆隆"的水声响起，泄洪洞内喷出巨大的水柱，如巨龙吐水，飞流直下，那铺天盖地的气势，比黄河壶口瀑布还要壮观磅礴。泄洪蒸腾而起的水汽，化为团团白雾，在山腰环绕，恍若仙境。

　　里石门水库是天台的大水缸，平日收储雨水，再分流给下游的平原和田野。造湖之前，这里原是天台与磐安比邻的山谷平原，为了防洪与灌溉，修建了这座水库。修好之后，一些村庄永久地沉入水底，成为历史的遗迹。现在里石门水库叫寒山湖。

每次泄洪，最高兴的莫过于附近的村民。湖中之鱼，被浩荡的库水裹挟着，冲上路面，沿路的村民拿着网兜、竹箩、水桶，兴高采烈地来捡鱼，比过节还要开心。

里石门水库有各种鱼，最多的是草鱼、鲫鱼、青鱼、鲢鱼。若让我排座次，头牌必定是鲫鱼，其次是青鱼，第三是鲢鱼，等而下之的是草鱼。

草鱼是真正的草根出身，小名就叫"草鲩""草根""混子"，甚至有人叫它"草包鱼"。"草根"这名字有意思，既表明它的饮食取向，也昭示着它的来历和出身。草鱼是草台班子，在野外空旷处搭草台、跑大棚。而"混子"这名，好像是社会上混吃混喝的二流子。

草鱼栖息在水草多的岸边，专吃肥嫩的水草、芦苇和漂浮的藻类，它的咽喉里，长着一排镰刀样的牙齿，见到水草，"咯吱咯吱"饱餐一顿。草鱼牙好胃口好。老家一些地方，稻田里要锄稗草，会特意养几尾草鱼在水田。一两年后，草鱼长大，就成了天然的锄草机。

二

夏天暴雨过后，溪流水涨，水库水满，有时会溢出淹没岸边的野草庄稼，成群的草鱼钻在草里疯狂吃草。草鱼性活跃，游速快，食量大。它平素吃草为主，吃得性起，对草中的蚂蚱、青虾及水中的水龟子、水甲虫、龙虱虫，也照吃不误。就好像我身边那几个茹素的居士，嘴馋起来，也会破戒，吃点荤腥。

我家的食单上，从来没有出现过草鱼。父亲主中馈半个多世纪，从不翻草鱼的牌子。父亲对草鱼的评价只有三个字：呒吃头。生活在东海边，什么好鱼没吃过，哪里轮得上吃草鱼？凡鱼都鲜，唯草鱼无鲜味。在我家，草鱼属食鱼鄙视链的最底端。

草鱼终日食草，肉质疏松，还有点柴，海边人看不起它。山里鱼少，山里人把它做成辣子草鱼块、红烧草鱼块，以各种调味掩盖它的不足。草鱼身上，唯一可以赞美的就是肚子，"鳙鱼头，青鱼尾，草鱼肚档，鲫鱼背"。但在我看来，草鱼的肚子是草包肚子，跟带鱼、白鱼的肚子，不是同一档次。杭州有西湖醋鱼，最正宗的做法，一定是用西湖的草鱼。啧啧，味道真的一言难尽，俞平伯曾经写过西湖醋鱼，一鱼两吃，尾部活肉细切成丝，就成了一小碟鱼生；鱼头及中段做成醋鱼，叫"醋鱼带冰"。

有一年到广东，吃过一道脆肉鲩，对草鱼的印象略有改观。

广东人称草鱼为草鲩。两广的脆肉鲩，上市前以蚕豆喂养，养在活水中，在激流冲刷下，身材矫健。上桌前经历了九九八十一难，只为保留原始的脆嫩与鲜美。烫煮后，肉质爽脆，味道比西湖醋鱼好多了。

出差湖北，还吃到鱼面，以草鱼肉和红薯淀粉制成，爽滑筋道。我老家的鱼面都是用海鱼做的，湖北是淡水鱼当家，万变不离淡水鱼。

三

前些年，寒山湖边上有饭店，以活鱼现吃著称。湖中的各种鱼，我都吃了个遍。有一次去迟了，只剩下草鱼，无可选择。这条个头硕大的草鱼，也被现宰现杀，烹煮成草鱼炖豆腐。

豆腐是好好先生，不管什么淡水鱼都可以与它搭档。草鱼煎后，放入砂锅与豆腐同炖，二三十分钟后，蒸汽掀动盖子，发出"咕嘟咕嘟"的声音，不时有水珠溅出锅沿。在寒风中疯狂乱窜的香气，搅得人心神不宁。烧好后，豆腐的味道比鱼肉更入味。我不爱吃草鱼肉，只挑鱼籽吃。一颗颗细粒成团，用舌尖挑碎，软糯丰腴，瞬间让大脑分泌出愉悦的多巴胺。

从前寒山湖年关边捕鱼，附近的村民把青鱼做成青鱼干，草鱼则熬成草鱼冻。草鱼肉比不得鲫鱼肉鲜美细嫩，但胜在肉多刺少，熬鱼冻最好。切成小块，倒入料酒、酱油，加蒜头、姜末和盐，大火煮开，小火细熬。热腾腾的白气上升，有长风浩荡的感觉。

快起锅时，从院子里扯一把大蒜，撒一把青葱嫩叶，熬出的鱼汤，浓稠如乳。天冷，汤汁很快冻成团，银灰中带着莹白，如桃浆，如琥珀。挟一块鱼冻入口，鱼冻在舌尖融化，里面有细嫩的鱼肉，只觉鲜美爽滑，再也没人挑剔它的肉质柴呀松的了。

某年高考，浙江卷有一道语文阅读理解题，讲的是一个穷困的家庭意外收获一条草鱼后的吃鱼经历。结尾是："现在，它早死了，只是眼里还闪着一丝诡异的光。"让考生赏析结尾。

考生赏析不来，纷纷吐槽：高考前转发了那么多锦鲤，没想到，最后却败给了一条草鱼。

我为鲫狂

到泰顺，是冲着廊桥去的。

时为小暑，满眼的青绿，仿佛文句有了起兴。绿意一路漫卷，是夏天进入深处的那种翠绿。

遍地芦苇。长长短短的芦苇，好像诗歌中的长短句。秋还未至，芦苇还不那么萧瑟，却也让人生发丝丝的苍凉，好像那种找不到北的人生，好像无所归依的灵魂，好像一段虽短却耗尽深情的情感。

去了胡氏大院，是合院式的老民居，照例有木格的窗子，木檐下雕着花，透着民间审美的趣味。院落里的竹箩，晒着豇豆干。一个老妇人坐在竹椅上打盹，屋里的汉子袒腹酣睡。游人进出，好像不关他们的事。

中午在边上的农家小院用餐，有腌豆角、绿豆腐、蕨菜、野蘑菇、蒲瓜干，一味的时蔬，最后以一大锅的豆腐鲫鱼汤收尾，仿佛音乐有了高潮。鲫鱼以猪油两面翻煎，加豆腐、火腿、香菇、姜丝、料酒，煨出鲜美汤汁，临起锅，扔一把香菜进去，乳白的浓汤因此有了几点翠绿。主人说鲫鱼是儿子钓上来的，个头不大，但都是野生的，银光透亮。鲫鱼多刺，尤其小鲫鱼，细刺遍布。好在炖得烂熟，筷子一夹，鱼肉脱刺而落，剩下一个头和一把长刺，倒省了剔刺的麻烦。汤里的豆腐已滚出蜂窝，咸鲜入味。鱼之精华，尽在汤中。几个人喝汤吃豆腐，稀里哗啦，吃出一身汗，直叫痛快。

主人纯朴，说，夏鲤寒鲫，现在的鲫鱼还不到最好吃的时候。秋冬再来，鲫鱼就肥美多了。下一次来，换个口味，烧荷包鲫鱼给你们吃。

二

饭后去了仕水碇步，仕水碇步还是有些味道的。古人为了步溪涧小河，用大小砾石或整齐的条石在水中筑起一个接一个的石磴，形成一座堤梁式的石桥。一位老妇荷柴从我们身边经过，走碇步如履平地。在这样的碇步上，她一走就是一生。我记起《太平广记》中的一个故事，南朝诗人谢灵运做永嘉太守时，在溪旁遇到两位浣纱女子，竟是鲫鱼所化。

碇步上，游人来来往往。西晋末年，北方士族纷纷来到江南，时人道"过江名士多于鲫"。现在是碇步上的游客，多如过江之鲫。

泰顺多廊桥，泰顺的姐妹桥中，我喜欢北涧桥甚于溪东桥。北涧桥桥头有两株千年大樟树，亭亭如盖。江南之地，樟树最为常见。从前人家，女儿落地，必种樟树，同时埋下几坛黄酒。女儿出嫁之时，樟树砍了做衣箱陪嫁，而黄酒成了出嫁时喝的喜酒。这样女儿嫁到婆家才算体面。我喜欢廊桥，有碇步，有水流，有香樟，有人家。仿佛有故事，有情节，有悲欢，有离合，总归是情意悠长的。

走了一下午，乏了，也饿了。晚上还是吃农家菜，菜比中午的丰盛多了。腊兔肉很有嚼头，色泽褐红油亮，肉质干结细嫩，是很好的过酒坯。敲肉羹薄而鲜美，除了肉，羹里还有豆腐丝、香菇丝、黄花菜、木耳，"咯吱咯吱"咬得香。泥鳅汤是把肥大的泥鳅两面煎黄，再加红酒糟、茴香、桂皮、姜、蒜等，以文火慢熬而成。

晚上吃的是大鲫鱼。差不多有一斤半重，脊背宽厚，体形丰满，头背皆黑。心想，这条鱼也许来自下午的仕阳溪。溪边水鸟飞起飞落，风吹野花掉落溪中，鲫鱼在水中自由长大，灵活的身子在水草间穿梭，肌肉必定结实细腻。

当地人喜欢用茶油煎鱼。山野有油茶树，秋天开花。雪白的花朵、金色的花蕊，花开时，如下过一场雪，白茫茫一片，我少年时喜欢吸食它的花蕊，蜜糖般的甜。茶树结了茶籽，炼成金色的茶油。乡人用来炒菜、煎鱼，极香。

故乡多鱼，有江鱼有海鱼，我这辈子吃过的鱼，怎么说也有上百种。不管吃货如何为鱼族排座次，鲫鱼始终是我的白月光。我尤爱红烧鲫鱼，几十年下来都不曾吃厌。父亲做的红烧大鲫鱼，无人能比。鱼肉呈琥珀色，厚实入味，剩下的汤汁，用来拌米饭，又是一绝。冬天，过一晚，鱼汤成了鱼冻，过泡饭，顶好。鱼冻中的肉花和鱼头，最是美妙，一点脑髓吸吮着吃，满嘴鲜味。结婚后，每次回娘家，父亲一定会烧红烧大鲫鱼，大半条都是我吃的。

父亲走后，我再也没有吃到过这么好吃的鲫鱼了。

三

天热，走得一身汗。吃鲫鱼和各种乡野杂味，又是一身汗。再去泡温泉，是神仙般的快乐。这几日看山看水看桥，看得过瘾，玩得尽兴，吃得痛快。大伙儿归纳了一下，大意是：吃了鲫鱼，泡了氡泉，腰不酸了，背不疼了，腿也不抽筋了，吃饭吃三碗，头碰电线杆，嘴里咬石头"咯吱咯吱"，脆响！

入住在半山腰的温泉山庄，晚上没来由地下了一场透雨。雨打在屋顶上，让我想起暮春时紫色泡桐花落地的声音，有一种"噗噗"的闷响。檐下雨滴落到水池中，漾起一个个句号。下过雨，夜晚山里是晚秋般的凉爽。早上起来，幽深峡谷升腾起云雾，颇有出尘之感。山像水洗过，格外清新。站在阳台上，对着青山，放歌一曲，亦是平生快事。

早餐有腌萝卜和酥鲫鱼，酥鲫鱼骨酥肉嫩，很有嚼头。鱼香

鲫鱼面（叶文龙/供图）

之外，有淡淡的葱味和紫苏味。

鲫鱼性随和，煎、炸、熏、糟、炖，无一不可。苏东坡爱吃鱼，有《煮鱼法》。他亲授做鲫鱼羹的心得：把新鲜鲫鱼或鲤鱼切块，冷水下锅，锅里放盐，加入黄芽菜心，再以葱白数茎去腥，做时不得搅动，以免鱼肉散开。半熟之时，加入生姜、萝卜汁、黄酒若干，调匀倒入。快要出锅时，撒几根切丝的橘皮，这样做出的鱼羹，没有土腥味，鲜美异常。

鲫鱼除了刺多，没别的毛病。我有个朋友是报社总编，跟我一样，是鲫鱼的死忠粉。他吃鱼成精，会把鲫鱼分出等级，就好像考核员工的KPI，出水库者为上，出河湖者次之，出池塘者最次。他一提筷，就知道鲫鱼的家世出身。他性子急，吃鱼也吃得急，每年总有一两次被鱼刺卡喉，狼狈不堪，赶紧到家门口的医院拔除。刺拔出来后，回家继续吃剩下的半条鱼。对鲫鱼这个"刺客"，他又爱又恨，欲罢不能。

我为鲫狂，为之奈何？

忙归忙，勿忘六月黄

一

一到六月，西湖边的荷花当仁不让开了。起大早去了北山路，夏风已燥热。湖边柳树上有知了的鸣叫，一声声，高亢而嘹亮。眼前一片连天的碧绿，这西湖的六月荷，亭亭如盖，成片蔓延，温婉之中，别有一番豪放。

西湖六月中，风光不与四时同。是碧荷连天、林泉幽深，是夏木阴阴、蝉鸣声声，是六月黄、油爆虾、昂刺鱼、冰啤酒，是舌尖曼妙的滋味。

大闸蟹在江南，是人见人爱的尤物。江浙人家，吃蟹已成精。秋风起，蟹脚痒，来点花雕酒，啃几只大闸蟹，是生活中必须要有的仪式感。如果错过，就觉得这一年的秋天过得分外潦草，不免心生惆怅。江浙人家对付大闸蟹各有高招，最考究的是雪花蟹斗：以蟹壳为容器，装入蟹粉焗，盖上厚厚的蛋清，如冬日积雪，加以鲜红火腿粒点缀。我觉得，美则美矣，终不如清蒸来得天真。大道至简，对付蟹，我觉得也是至简的好。

一万年太久，只争朝夕。唯蟹是命的"馋痨坯"们，等不到秋风起，夏风一来，先来几只六月黄，慰劳一下淡出青苔的舌尖。

六月黄，是大闸蟹的青春期，是青葱少年正在发育中。大闸蟹从蟹苗长至成熟，要经过多次脱壳。每脱壳一次，它的个头、

千刀肉开片六月黄（盛钟飞/供图）

重量，就会增长一些。中秋前后，它才能完成蟹生的最后一次脱壳。

六月前后，西湖边的荷花已亭亭玉立。此时的大闸蟹，体重不过一两，一身薄壳，尚未坚硬，脚毛也未长全，蟹钳上的毛呈褐黄色，淡淡的，软软的，如少年唇上刚长出的胡须，看上去不免有几分青涩。撩拨一下，蟹脚钳也只是象征性地蹬一下，不似成熟老蟹的蟹脚钳那般孔武有力。

老道的人识蟹，一看个头，二看蟹毛。如果蟹毛淡而软，是当年的六月黄，如果蟹小，蟹毛却黑而硬，很可能是隔年的小蟹。

六月蟹的蟹黄尚未结成膏块，还在半流动，故称"六月黄"，吃货则戏称为"童子蟹"。到了菊花开时，蟹黄就会变成膏脂，蟹脚也会变得壮硕有力，走起路来，多了几分霸气和张狂。

二

西湖水清，水草茂密。河虾与昂刺鱼，藏身在水草里，逍遥自在。鲫鱼、螺蛳青、包头鱼，嬉戏于荷叶间。湖蟹蛰伏在水草下，等时节一到，便脱去厚重的外套，换上轻软的新衣。

"忙归忙，勿忘六月黄"。这句话，是安在吃货心里头的闹钟。一到某个时间节点，六月黄就悄咪咪爬上心头，撩拨得吃货心里头痒痒的。立夏一过，青蚕豆的鲜味还留在嘴角，就有很多双眼睛盯着西湖，"六月黄快要出水了吧？""什么时候能吃到六月黄？""今年怎么还没开卖呀，往年都已经吃上了。"

五月底六月初，西湖的虾兵蟹将出水，六月黄首次亮相在东山弄农贸市场，吃货就从杭州城里的东西南北中赶过来抢鲜，"手慢无"。西湖的六月黄是限量版的，每天不过几斤，最多也就十来斤，卖光就收摊。至于买不买得到，拼手速。

如果不那么挑剔，非西湖六月黄不吃，那么六月的各大菜场，也能见到江苏、湖北来的六月黄。比起中秋高高在上的大闸蟹，六月黄的价格就亲民多了。

六月黄有活泼泼的鲜嫩感，是少年般的小清新，而不是九月大闸蟹的深沉老辣。"再鲜不过六月黄"，虽有点夸张，不过也道出六月黄令人称道的鲜嫩。刚刚性成熟的六月黄，蟹壳用牙轻轻一磕就破，肉质细嫩，蟹黄呈流脂状，即便烧熟，仍不能结块，如奶脂一般流动。

六月黄最妙处是黄多，如流沙包内里的那股子流沙。除了清蒸，炒、炸、汤、醉，皆可。加鲜肉、咸肉，炒毛豆、炒丝瓜，面拖蟹、醉蟹，也都妙不可言。

咸肉蒸六月黄，下面铺一层咸肉，把对半劈开的六月黄铺于其上，咸香入味，下饭最好。吃完咸肉蟹黄，汤汁烧面，比三鲜面还要鲜。

六月黄炒毛豆也甚妙。剥了壳的毛豆，淡绿如玉，饱满鲜嫩，最宜与六月黄相伴，炒时搁点姜丝、火腿丝，绿肥红瘦。

六月黄炒年糕，软糯鲜香。六月黄被一分为二，利刃腰斩后，蟹黄流淌而出，赶紧在切口处用淀粉封印，以免精华流失。年糕鲜糯，蟹黄油润，蟹肉鲜香，挑逗得每一个味蕾都在快乐起舞。留在手指头上的那点黄，也舍不得浪费，必定要吮个干净。有人炒年糕，喜欢浓油赤蟹，我一向是白烧。大凡螃蟹，无论出身高贵还是卑贱，是在海里、湖里还是田里，都是一身鲜味，白烧可以品出六月黄原汁原味的鲜。

新荣记的张勇很是抬举六月黄，他曾道，小六月黄，台州人叫"石蟹"。如果把六月黄比作大闸蟹的处女，那石蟹就是处子了。用石蟹加上小海鲜烧制的姜汤面，汤色、汤香、汤味，完全被石蟹的风头抢了去。

三

杭州是个非常有生活趣味的城市。我在《浙江有意思》里写过，西湖的荷叶、莲蓬、六月黄、水鸟，待遇都很高，第一朵荷花开放、第一批六月黄开售、第一次莲市开张，都能上报纸头条。

五月底六月初，六月黄从湖中爬上餐桌。七月上旬，西湖莲蓬、荷叶开卖。杭州人少不得又要赶这口清鲜。凌晨五点多，断桥边就排起十几米的队伍，有热心人会站出来自动维持秩序，用笔在纸片上写上号码，一人发一张，凭号购买。

载着荷叶和莲蓬的小船缓缓靠岸，意味着西湖莲市正式开张。荷叶两元三张；蓬蓬分大小，大的十元四个，小的十元六个。荷叶买回家，烧荷叶粥、做荷叶糯米鸡、荷叶粉蒸肉、荷叶包饭。吃不完的，晒干泡茶。青莲蓬剥了，取出莲子直接吃，清甜中带着西湖润泽的水气，杭州人道，"毛好吃嘞"。莲芯也舍不得扔，拿来与龙井茶同泡，清凉下火。

对于上班族来说，凌晨三四点钟到湖边排队，着实吃不消。赶不上西湖莲市不要紧，下班回家坐地铁，经常会碰到小贩在地铁口卖莲蓬，偶尔也卖荷叶。我常常顺路买四五个莲蓬回家。嫩的，剥出一粒粒青莲子，当水果吃。老的，放一边，自然阴干，过一周，成干莲蓬，是书房里的摆件。

江南初夏，竹蒸笼里蒸上几只六月黄。蒸熟后，拎出放在青瓷盘里，边上围一圈莲子。六月黄、青莲子，美美与共，美不可言。明代袁凯说，"更将荷叶包鱼蟹，老死江南不怨天"，年年六月黄，年年荷叶碧，年年莲蓬青，就这样终老江南吧。

西湖莲子六月黄(盛钟飞/供图)

白露鳗鲡

平蛟兄组局聚会，就在解放路上，离我外婆曾经的家很近。外婆住宏农里，这一带很是热闹。前些年拆迁，外婆住的地方成了省妇保的一部分。随着老屋的拆除和外婆的离去，往事也随风而去。

为了这场聚会，主人颇费了心思。一桌的江鲜，鱼虾蟹都有，还有钱塘江的大鮸鱼和千岛湖的野生鳗鱼。这样大个的鮸鱼，有些时候没见着了。清炖之后，鱼汤乳白，鱼肉格外肥厚。

千岛湖的鳗鱼，果然是尤物。切得似断非断，隔水清蒸。蒸好后，晶莹透亮，油光诱人。外层起胶，内层肥糯，咬一口，鹅绒般蓬松，蛋羹般温软。现在钱塘江一斤重的野生鳗鱼，要一二千元，千岛湖的野生鳗鱼，想必价格更贵。

过去，外婆常做霉干菜蒸鳗鱼。上面鳗鱼段，垫底霉干菜，只加料酒清炖，炖到鱼皮胶质尽出，绵软粘筷。吃进嘴里，有鱼肉融化的感觉。我最爱吃鳗鱼皮，肥腴糯润。外婆总是慈爱地看着我吃得满嘴流油。鳗鱼吃完，剩下的霉干菜浸足了油脂，油润鲜香。拿来过泡饭，可以吃好几天。

鳗鱼是大家族。在我老家，通常以鳗鱼的成长地为它命名，海中的称海鳗，溪中的称溪鳗，还有河鳗、江鳗、湖鳗。也有人只分咸淡水，淡水的，一律称河鳗。

淡水鳗鱼有个雅致的大名，叫鳗鲡。这个名字，与直来直去的河鳗、江鳗相比，多了几分风流婉转。就好像"俏佳人"三字，比"大美妞"多几分风韵。河鳗还有几个小名，"溪滑""青鳝"，听上去也很文艺。从性格上讲，河鳗比海鳗要温和。海鳗长着凶狠的犬牙，一看就不是善茬；河鳗则长着一排小碎牙，肥肥软软的身子，看上去没有什么攻击性。

江浙诸地，自古视鳗鱼为雨神。旧时天旱，各地都有隆重的祈雨仪式，被奉为雨神的有天神、风神、雷神、龙神。河鳗身形似龙，体色如降雨前的天空，灰黑相间，故成为龙的替身。从前，明州（今宁波）阿育王山广利寺的水井有灵鳗两条，折花枝探井，鳗鱼便会现身。五代十国时，浙江大旱。吴越王钱镠特派僧侣将这两条灵鳗从明州恭迎至钱塘南塔寺，凿井盖亭，安顿灵鳗。众人虔心祈雨，果然天降甘霖。此后每有大旱，两地必恭请双鳗出面，无不灵验。越州（今绍兴）应天寺亦有鳗井。某年越州大旱，亦向鳗鱼祈雨，果然雷鸣电闪，大雨倾盆。

对于鳗鱼当雨神之事，在我台州老家当过仙居县令的宋代理学家陈襄有不同看法。他在《祈雨》一诗中，讥讽鳗鱼"始为穴中鱼，窃弄阴阳权"，说降雨本是蛟龙的职责，鳗鱼你只是岩穴之鱼，竟然夺了蛟龙的权，干了蛟龙的活，此举跟奸臣有什么两样呢？

陈襄真是认真到迂腐。

二

鳗鱼身上有黏液，滑不溜秋，很难捉住，故老家人以"滑溜鳗"来代指那些滑头鬼。

在家乡，对淡水鳗鱼，人们明显要高看一眼。

鳗鲡的适应性很强。江河里有，溪坑、沟渠、沼泽、湖塘、水库，哪哪都有它的身影。江河湖海里的鳗鱼爱吃鱼虾，水田水塘里的鳗鱼，没得挑食，连水生昆虫、蚯蚓、螺蛳都吃得津津有味。

生长于江河或溪流中的鳗鱼，身材修长，肉质肥厚。在水塘、水田、沟渠里抓到的，一般都是短而肥的鳗鱼，肤色如泥土，长得跟黄鳝有点像，温州人称之为黄鳗，是个"土肥圆"。从前，家乡的水田、水塘里，有不少鳗鱼。后来用了农药，鳗鱼绝迹，泥鳅也跟着消失了。

都说河鳗的出生地在东海，成长地在内河，一生要经历海水和淡水的双重生活。它要经过漫长的旅程，才能进入淡水生活。我很难想象，那些离开广阔大海的鳗鱼，缘何会从江河溪流中，一步步退守到窄小的水田、河塘，直至退无可退。从大江大海到水田河塘，跟从富贵之乡流放到穷乡僻壤无异。一旦困于水田、河塘、沼泽，山高路远，河鳗又用什么法子才能回归大海？毕竟，大海才是它的原乡。

三

过去，灵江上的鳗鱼很多。夏天的傍晚，到灵江边散步，经常看到有人在江岸边钓鳗鱼。垂钓者嘴里抽根烟，一动不动，等着鳗鱼上钩。

鳗鱼白昼潜伏于江中的洞穴及石隙中，夜间出来觅食，捕食鱼虾，也吃落入水中的动物尸体，故夜间比白天更容易钓到鳗鱼。

在灵江，鳗鱼喜欢聚集在桥墩下、船底下，那里有鱼虾和螺蛳，给鳗鱼提供了丰富的口粮。灵江上那些久泊不动的江底沉船，是鳗鱼最喜欢待的地方，入则可以藏身，出则可以饱餐。

"白露鳗鲡霜降蟹"，白露、霜降是鳗、蟹一生中的高光时刻。浙江的夏天跟冬天一样漫长，到了三伏，更是燥热无比，吃什么都没胃口。立秋一到，江南开始食补。我老家一带，要吃清蒸河鳗、老鸭芋头煲。老家人认为，老鸭去火，鳗鱼补虚。

野生江鳗的肉质极为清鲜软糯，新荣记掌门人张勇形容它："白里透黄的肚子，让我想起夏天熟透的奉化水蜜桃。入口即化，似锦似棉。"

张勇创新了一道菜，叫溪鳗佛跳墙。肥糯的溪鳗款款出场，给淡而无味的花胶提鲜，浓稠鲜美，就算老佛，也会闻香跳墙。清代《夜航船》记载了一个故事，苏州有杜姓家族，家中巨富，传至二代，家道中落，值钱的只有一对紫檀交椅。有人看中这对紫檀椅，挑鳗鱼去杜家吆喝。杜家二代见有鳗鱼上门，架不住馋劲，拿一把紫檀椅换了鳗鱼。次日，贩子又挑着鳗鱼去，想换出另一把紫檀椅。杜家二代哭丧着道，两把椅子，昨日一把换了鳗鱼，另一把劈了煨了鳗鱼。

四

鳗鱼因出生、门第不同，身价也不同。按照古时吃货的说法，论味道，溪鳗最好，湖鳗、江鳗、河鳗次之，海鳗再次之。

新荣记的葱烧溪鳗

溪鳗之中，最贵重的是雪鳗。雪鳗极其少见，寻常有三四斤，大的据说能长到一二十公斤。肉质之鲜嫩肥糯，无与伦比。

仙居永安溪、天台始丰溪，过去有雪鳗，头短眼小，身体上有云状花纹。它们平素躲在深潭岩穴里，行踪诡秘。到了桃花流水的春天，它们会爬上岸来吃竹笋。雪鳗出动时，沿途会留下体涎，只消沿路撒下草木灰，雪鳗原路返回时，灰汁沾身，行动不便，容易捕捉。也有人布下竹刀阵，雪鳗肥软的腹部会被利刃刺破。现在，永安溪、始丰溪上，几乎见不到雪鳗了，就算有，也不允许捕捉。

江河溪流中，野生鳗鱼越来越少。前些年，老家有位村民捉到一条十五斤的大鳗鱼，众人只道稀罕，有人出价六七万元想买走。捕鳗者颇为心动，但妻儿心善，说这么大的河鳗平生从未见过，遇见就是福分，若被人买下吃了，那是罪过。这条鳗鱼最终回归江河。

我希望这个故事有《聊斋志异》一样的美好结局，这条河鳗化身为鳗鱼精，来报答这善良的一家人。

五

鳗鱼一生只交配一次，鱼苗很难人工孵化。要想养殖鳗鱼，须春天到河口捕捞洄游的野生鳗鱼苗。

鳗鱼苗金贵，一条比柳丝还要细的柳叶鳗，重量不足一毫克，卖到数十元一条，被称为"软黄金"。老家年年有台风，台风过境时，江上时有家畜漂过。某年江上漂过一头死猪，里面密密麻麻全是鳗鱼苗。盖因鳗鱼喜欢钻在动物尸体里啃食，故而产下密密麻麻的鳗苗。有人不顾危险去江里捞鱼苗。捞上来的鳗苗，在当时可以换一间房。

灵江过去多鳗苗。那时灵江河道纵横，淡水入海处，闸口众多，鳗鱼在深海交配后，不久就会产卵。每年春天，鳗鱼苗由海口入河。到了樱桃红芭蕉绿的五月，鳗鱼苗体色由白变黑，俗称"黑子"。过去春夏鳗鱼苗旺发时，从灵江两岸的大田、涌泉，一直到沿海的杜桥、桃渚、上盘，上千村民乌泱泱地出来捕捞鳗鱼苗。捞得多的，着实能发一笔横财。

捞上来的鳗鱼苗，卖给养鳗人。一段时间后，鳗鱼苗变成黄色的幼鳗，铅笔粗细，再变成银灰色的成鳗，竹箫大小，然后漂洋过海，成为日料中的招牌菜。

樱花、和服、俳句、清酒、鳗鱼，是日本的标志性风物。走在日本街头，经常看到饭店门口的布幔上，写着一个大大的日文"鳗"字。日本有鳗鱼饭、鳗鱼寿司、天妇罗鳗鱼，甚至有专门吃鳗鱼的节日——"土用丑日"。在立秋前十八日，家家户户要吃鳗鱼，风中飘散着鳗鱼的香味。

日本的蒲烧鳗鱼，肥美软糯，带着丝丝的甜味，鱼肉一抵达舌尖，你就能感受到那种温柔的香糯，舌头一抿，鳗肉如雪般化掉。它是用酱油、胡椒、味精、糖和酒等调料，将鳗鱼肉腌过后，放在铁板、铁丝网上烤成的。早年日本人烤鳗鱼，是将整条鳗鱼切成长段，用竹签串起在炭火上炙烤。烤好的鳗鱼，如香蒲结的果实，故称为蒲烧。香蒲长在水边，果实如蜡烛，在江南十分常见。乡人夏天采折晒干，点燃后，是驱蚊利器。

鳗鱼饭是我的心头好。东京的高级酒店，自助早餐里就有鳗鱼饭。精致的小红漆碗，盛着小半碗雪白的米饭，上面一二块酱红的鳗鱼肉。焦香的外皮浸透红亮的酱汁，鳗鱼肉咬上去，浓郁鲜香，肥软中带点油脂，米饭酱汁入味，三两口就能干掉一碗饭。

离开东京去机场的那天早上，我一口气吃了七小碗鳗鱼饭，简直就是童话中的大胃王"七把叉"。我这个年纪，已经没有任性的权利，不过为了深爱的鳗鱼饭，我斗胆放纵了一回。

乱炖鱼杂

一

　　杭州最好的季节，是春天和秋天。只是，春和秋过于短暂，春天来得突然，走得也仓促，秋天也如此，刚来，"嗖"地又走了。冬天漫长，冷风从十一月开始刮，到来年三月，风还料峭。天冷的时候，最宜来一锅鱼杂，抵御彻骨的寒冷。

　　我向来喜爱杂件的丰富口感，是"肠胃会"的永久会员。在我的味觉认知里，鸡胗鸡肠有嚼劲，猪肠猪肚厚实有味，鱼杂在鲜度上更胜一筹。各种杂件，口感各异，有如春天百花齐放。

　　在老家，猪肚、鸡胗、鱼肚（鱼鳔），因为传统医学以形补形之说，历来被视为补胃佳品。山林中的野猪，吃番薯，吃龟蛇，能把数十斤的玉米连秆子吞下，连石头都能消化。鸡胗的消食能力也是一流，它还是一味药，叫鸡内金。早年我在报社，饮食不规律，连累了胃，彪兄托人买来野猪肚，婆婆亲自下厨烹饪。野猪肚腥味很重，清理颇费劲。烧时，在猪肚里先塞只整鸡，再在鸡里面塞全鸽，再在鸽子里塞鱼肚，一层套一层，如俄罗斯的套娃。空隙处，则填满糯米、鸡胗。吃过几次，胃病再没犯过。

我家楼下有家土菜馆，胖胖的老板娘是衢州人，脾气很好，总是一脸笑意。店里的红烧大鲫鱼、昂刺鱼炖豆腐，非常入味。更妙的是鱼杂，大火爆炒，小火烹制，浓油酱赤加碧绿蒜苗、雪白葱段、红尖辣椒。冬日里，一锅鱼杂端上来，鱼籽、鱼肚、鱼白、鱼肠，在汤中噗噗翻滚，鱼杂滚热鲜香，熨帖得五脏六腑舒舒服服。鲜香微辣的鱼杂，吸饱了汤汁的豆腐，能吃到片甲不留。末了，来一碗白米饭，收尽汤底鲜汁。这时，你会感觉身在鱼米之乡的幸福。

有时，去得迟了，鱼杂售罄，不免失望。问老板娘为什么不多备一些？老板娘笑道：我们小店要杀多少鱼，才够做一大盘鱼杂？

好吧，求人不如求己，遂转战菜场。杭州人买鱼鲜，鱼要刨鳞清肠，鱼杂弃之不要，蟹要斩立决，手起刀落，蟹黄流失。我见了，不免痛心。我买鱼，也让摊主现杀，摊主刨鳞去肠，动作快如流星赶月。鱼杂这等宝贝，我自然不肯丢弃。买多了鱼虾，有时让摊主额外赠送些鱼杂，摊主也会痛快答应，把案板上的鱼鳔、鱼籽、鱼白、鱼肝，悉数装袋相赠。

烧鱼杂没什么技术含量。先炒后烹，雪白的鱼鳔泡泡，在锅中炸开，瘪成一团柔软的皱纸。一大盆鱼杂上桌，鱼鳔肥厚柔滑，需要撕扯着咬，弹牙爽口。鱼肝不带一丝腥膻，入口即化。鱼白鲜美幼嫩。鱼籽绵密丰富，饱满硬实。

彪兄是个讲究人，不吃任何动物杂件，除了鱼杂。别的杂件一上桌，他一个劲地撇嘴，不是说胆固醇高，就是说脂肪多。红烧鱼杂端上来，他筷子戳得最快最狠。

鱼胶，是鱼杂的高配版（叶文龙/供图）

二

某年冬天，筹备新机构开业，与同事出差湖北，彼时我已离开报社，到银行了。在湖北待了一周，跑了好几个城市。冬天湿冷，天也黑得早，夜幕一拉上，我们放下手头活计，结伴去吃鱼杂火锅。

湖北的鱼杂阵营比江南的庞大，锅里不止有鱼肚、鱼籽，还有鱼头。一锅乱炖之后，"咕噜咕噜"地冒着热气，红汤浓郁，微辣鲜香，吃得大伙面红耳赤。鱼锅下的固体酒精，幽蓝的火苗一直燃烧着，自始至终，鱼杂火锅冒着热气和鲜气。一大锅鱼杂，吃出了软、脆、滑、嫩、酸、辣、鲜、香的不同口感。大伙直道过瘾。

比起湖北大江大河烈火烹油的浓烈吃法，苏州人吃起鱼杂来就精细多了，如桃花流水，如评弹咿呀。苏州有"鳜鱼花"。所谓"鳜鱼花"，并不是鳜鱼开花，而是鳜鱼的幽门盲囊。苏州人爱吃清蒸鳜鱼，陶瓷白盘上，卧着一条塞着火腿片和春笋片的鳜鱼，略带着鲜香酒气，边上是菊花状的"鳜鱼花"，温顺、安静地作陪，如簪花仕女，一派岁月静好。鳜鱼花入口弹牙鲜香，一吃难忘。嘉兴人也爱"鳜鱼花"，这一朵花，要献给座中最尊贵的客人。

某年去深圳大学培训，逃课去了顺德。出门培训，我好像没有一次不逃课的。我高中同学晓岚嫁到佛山，特意赶来作陪。顺德是世界美食之都。一条鱼，顺德人有一千种烹饪方式，鱼肉、鱼头、鱼尾、鱼腩、鱼皮、鱼嘴、鱼鳔、鱼籽、鱼白、鱼骨、鱼肠……各就各位，各有各味。

在顺德吃了鱼片火锅，也吃了凉拌鱼皮。鱼皮选用的是新鲜草鱼或鲮鱼的皮。鱼在两三斤左右，太大太老的话，鱼皮厚韧难嚼。鱼放血去鳞，用刀揪下鱼皮，放入冰水浸泡。鱼皮收缩后，佐以各种调料，入口脆嫩，嚼之有声，如同海边听潮，满是江海气息。鱼皮口感极妙，难怪清河郡王张俊宴请宋高宗的那顿豪华宴席中，就有"沙鱼脍"，即鲨鱼皮做的鱼皮丝。

除了凉拌，鱼皮还能油炸、煎焗。小小鱼皮，顺德人折腾出各种花样。

三

鱼鳞也是好物件。南宋有"水晶脍"，以大鲤鱼的鱼鳞熬成。鱼鳞收集洗净，放入锅中，加料酒、花椒、红椒、姜块，大火烧开，小火慢熬，直至汤汁黏稠。冻成鳞冻，便是高纯度的胶原蛋白，晶莹剔透。以刀切成条，码齐端上，挟一块，如羊脂白玉，吃一口，鲜嫩细滑，鲜甜爽口。

鱼杂中，有红烧鱼唇。取鲟鱼、鳇鱼、大黄鱼、青鱼等大鱼嘴下的一块活肉，余煮之后，配以冬菇、火腿等，再以文火慢炖。柔软肥糯，满嘴鲜香。还有红烧秃肺，酥肥绵软，入口即化，用的是活青鱼的鱼肝。

用鱼须做菜，简直是闲得发慌。有一道菜名叫龙须凤爪，龙须就是活鲤鱼的胡须。当年西哈努克访华，以国宴招待，据说就有鱼须做的菜。为了这道菜，怕是要了上百条大鲤鱼的命。

鱼杂中的肠子，以青鱼肠子最妙。鼓突的青鱼肚子里，鱼杂能掏出一盘子。肠子剖开后，撕掉肠衣，洗净沥干，剪成小段，反复搅拌洗净，热水中余熟，再入油锅，加黄酒、青蒜红烧，味道尤美。江沪一带的红烧托卷，底子就是青鱼肠子。

除了青鱼肠，虱目鱼肠亦美味。蒋勋在《手帖：南朝岁月》中，写到虱目鱼肠，"一大早，五六点钟，刚捞上来鲜活的虱目鱼，才能吃鱼肠。新剖的鱼肠，经沸水一余，即刻捞起，稍沾盐酱，入口滑腻幼嫩，像清晨高山森林的空气，潮润有活泼气味"。写得如此文艺，仿佛他吃的不是鱼肠，而是春天的一朵花。

鱼杂并不卑微。参鲍翅肚中的肚，就是高配版的鱼鳔，而鱼翅就是鱼鳍。同是鱼杂，有的处庙堂之高，有的处江湖之远。

比起鱼肉，鱼杂是包容的。门第不同、地位不同的杂件放在一起，是四海归一的大团结。鱼杂是随和的，不像鱼肉，对烹饪时间有严格讲究，少一分，则不熟，多一分，则过头。鱼杂放在锅中，随意烧滚，直到天荒地老，老酒干光。

张剑/供图

大海有味

秋风白蟹

一

　　进入八月，空气中有台风欲来的气息，石莲豆腐和凉菜膏的薄荷清气，杨梅酒、青梅酒散发出的酒气，还有，梭子蟹的鲜气。

　　开渔后，吃蟹成了头等大事。老家人能叫出梭子蟹各个阶段的诨名。江河湖海的蟹中，老家人吃得最多的，便是梭子蟹。公蟹长脐，称"白蟹"，也叫"爸蟹"。雌蟹圆脐，叫"门蟹"。雌蟹在不同的生命周期，有不同的称呼，"籽蟹""小蓝脐""小圆脐""膏蟹""紫蟹"。就好像女性在不同的年龄段，有不同的叫法，有豆蔻年华、及笄年华、破瓜之年、桃李年华、风韵犹存、徐娘半老等。"小娘蟹"正处于"邻家有女初长成，豆蔻稍头二

每次出海都有收获(叶文龙/供图)

月初"的鲜嫩时候，还没有经历过爱情的滋味和生活的磨难。

带籽满腹的，称"籽蟹"，也称"抱卵蟹"。繁殖期时，密密麻麻的黄籽（受精卵）挂在雌蟹的腹肢上。取下蟹籽，炒咸菜笋丝，味极鲜。若磨制加工成蟹籽豆腐，更是舌尖妙物。

各蟹入各眼。在我看来，蟹中最美者，当数小蓝脐。在我老家，光说梭子蟹，而不提小蓝脐，压根儿不算对蟹如数家珍。说到小蓝脐，那种细嫩中的丰腴，肥鲜中的甘甜，让吃货的每一个味蕾都在快乐地起舞。识货的人，一到秋天，一定会拎几只小蓝脐回家。大清早，跑到蟹摊上，一言不发，专找螺纹深、肚脐显蓝的小蓝脐下手，摊主一见，心知肚明：面前的这个人，是吃蟹老手！言谈之间，就有了三分小心。

小蓝脐这个名字，一如《水浒传》中的"一丈青"。梭子蟹一生要经历数次脱壳的生命历程，每一次的宽衣解带，都让它离成熟更近一步。小蓝脐是雌蟹最后一次脱壳前的状态，它是蟹中的美少女。这时节，它的肚脐眼儿发蓝，"小蓝脐"由此而得名。宁波人则称之为"小娘蟹"。肥壮的小蓝脐，有凸出的幽蓝肚壳，个头不大，通常二三两重。因其脐部呈三角形，又称"三角脐"。

小蓝脐完成最后一次脱壳，从少女变成少妇，三角脐变圆脐，称小圆脐。

等到朔风起时，雌蟹体内积聚脂肪，一身红膏，称"膏蟹"，亦称"赤蟹"。经霜后，则名为"紫蟹"。

蟹的分类(赵盛龙/供图)

梭子蟹的膏脂，红中带黄，鲜中带甜。李渔爱吃黄膏，称之"油腻而甜，味甘而馥"，还以"锦绣""珠玑""黄卷""赤文""琼膏""金粟"等诸多妙词，来形容它的美味。

二

至鲜至美的食材，只需要最朴素的烹饪方式。小蓝脐的鲜美，用简单的清蒸便能体现。

秋风第一鲜(叶文龙/供图)

清蒸好的小蓝脐，一身艳红，可以不加任何调料空口吃，也可以蘸着调料吃——倒一碟陈醋，生姜与大蒜切成碎末放醋里，再撒几粒白糖。一身白肉，一股股一丝丝，极致的鲜甜。

对付小蓝脐，除了清蒸，还有干烧。我觉得，干烧比清蒸味道更好。将锅烧红，底下垫上白菜叶，小蓝脐一一摆放齐整。不加一滴水，以中小火焖爆，待到焦香味起，即可装盘。这样干烧出来的蟹，步足焦黑，但体内水分被逼出，肉质更加紧致，如二八少女的苹果肌，吃时有条条缕缕的肌理感。

梭子蟹家烧也常见。八月开渔节，《海鲜英雄》剧组来台州拍东海海鲜，有一集内容是作家寻味故乡，我陪拍了一个星期，晒得满脸通红。从千帆竞发的椒江码头到三门蛇蟠岛的山前码头，从和合大院的海鲜排档到新荣记的人间至味。在灵湖总店，新荣记的掌门人张勇亲自下厨，示范了家烧梭子蟹的全过程，下油、煸五花肉、炝大蒜、加姜丝、洒老抽、泼老酒。梭子蟹一切两半，焖烧几分钟后，鲜度提高了几个等级。排山倒海的鲜味穿透味蕾，汤汁醇厚鲜香，用来拌饭，极好，比鱼翅拌饭鲜多了。

白蟹炒年糕，也是相当销魂。白蟹剁块，沾一层淀粉，煎炸后，与年糕同炒，年糕软糯Q弹，带着蟹香。

有种倒笃蟹，梭子蟹一斩两半，刀口部位朝下，蟹脚朝天，加黄酒与生姜片蒸熟，或者放入蛋液、肉糜同蒸。随着蒸汽的升腾，蟹中精华流入蛋羹肉糜上。蒸熟后，门槛精的人会先撩蛋羹肉糜吃。哇，鲜得眉飞色舞。

霜冻以后，梭子蟹开始结膏。小寒大寒时，红膏满盖。膏蟹最宜制作呛蟹。腌好后，白肉纯净透明，如清冷的泉水，而红膏，果冻一般晶莹弹润，细顺滑嫩。红膏与白肉融合在一起，咸鲜清甜，无与伦比。

三

江浙人家，八九月，讲究吃公蟹的白肉，到了农历十月后，要吃雌蟹的红膏。肥壮的秋蟹，蒸熟后，斩成小件，一只就能摆满一盘，我父亲就是斩蟹高手。蟹肉如白玉，蟹膏如玛瑙，拆开白肉，一股股的，带着霜打青菜或新鲜谷物的那种轻微的甜津津。蘸点老陈醋，鲜煞人哉。红蓼翻风，蟹螯肥美。东篱采菊，持螯把酒，是人生乐事。

浙东有谚语，"鱼随潮，蟹随暴"，鱼随着潮水而来，而梭子蟹受风暴影响大。九月过后，每一次寒潮和风暴的入侵，都会让水温降低。梭子蟹从北方海区开始向东南方向转移，形成秋汛。秋汛之后，紧接着是冬汛。早年家乡白蟹如谷，遍布海域。蟹汛来时，一网下去，满船都是花蛤和白蟹，白蟹多到不值钱。因为卖得便宜，渔民不爱捕捞梭子蟹，捕上来的蟹太多了，只挑结块

蟹黄拌面(叶文龙/供图)

的红膏吃，吃不完的红膏，晒成蟹膏调味用。

世人皆爱红膏，我自幼爱螯足。我小时候有个很没出息的理想，就是长大后天天能吃到蟹钳。彪兄小时候的理想是长大后每周吃一只土鸡。也不知谁的理想更远大？白居易说，"陆珍熊掌烂，海味蟹螯咸"，他老人家认为，蟹螯的美味足以与熊掌相提并论，我深以为然。蟹的"大腿肉"细嚼有干贝味，"小腿肉"细腻清鲜。有一种醉蟹钳，通常当冷盘，以小蟹的小蟹钳腌渍而成，甜辣清鲜，最能下饭。

秋天梭子蟹便宜，身边那些嗜蟹如命的朋友，直接跑到七号码头边上的海鲜批发市场，批发来一大筐梭子蟹，上百斤重，就地"分赃"。几个朋友，一人分到几十斤，我也兴致勃勃加入分蟹之列。回到家，上锅干蒸，满屋子的东海鲜气。蒸得通红，一只只码好，放入冰箱冷藏，想吃时拿出一二。

没想到吧，在我老家，梭子蟹可以当零食吃。

码头上的新捕蟹，渔船归岸，白蟹如谷（赵书涵/供图）

鸿运当头红花蟹

一

螺中有花螺，蟹中有花蟹。红花蟹是蟹将中的花木兰，披一件橘红底色的战袍，战袍上有深深浅浅的斑纹，背部一个十字印记，色彩浓烈，有赵无极的画风。

红花蟹是蟹中美人，英气中带着几分妩媚。我视之为蟹界的压寨夫人。它的大名叫锈斑蟳。

花开两朵，各表一枝。名字带花的蟹，除了红花蟹，还有一种兰花蟹，指的是远洋梭子蟹，它是红花蟹的同门姐妹，不过颜值略逊，雄蟹通体蓝色，雌蟹褐色，看上去，有几分冷寂。不似红花蟹的昂扬热烈。

前些日子去深圳培训，翘课溜出来会朋友，朋友请吃红花

花蟹(叶文龙/供图)

蟹，边吃边感叹，这几年，红花蟹的身价扶摇直上。早年红花蟹旺发时，菜场上，红花蟹论堆买，几毛钱一斤，简直就是白菜价！"早年"这两个字还真不好说，长江边的野生刀鱼，早年几毛钱一斤。东海岸的野生黄鱼，早年几分钱一斤。吃不光，政府还号召大家吃爱国鱼。现在，野生的刀鱼和黄鱼稀罕得不得了，身价万金，非富贵人家，几乎无缘再尝。儿子小时候，我考他，当地球上只剩下最后一滴水时，是什么？儿子脱口而出，那是人类的口水。

回过头想想，他的回答还真有几分哲理。

二

因为英歌舞的蛊惑，年前又去了广东。这回直奔潮州，英歌舞没看到，潮汕牛肉、生腌、鱼饭、狮头鹅、米粿、海鲜粥……倒吃了个遍。潮州几日，尝了一百多道潮菜。潮式冻红蟹，是潮州鱼饭天团中的当家花旦，是潮州人的心头好。

蟹通常以秋天最为肥美，湖蟹、海蟹皆如此。不过红花蟹肥起来，不择季节，从春到冬，都是饱满肥硕的。福建晋江人称它为"花乐"，吃着花蟹，喝着老酒，乐得心里开了花。厦门东山人，把它叫成"屎楼梯"。这又是何解？难道东山人跟花蟹有不共戴天之仇？

对待蟹，最高的礼遇是清蒸。对红花蟹，最高的礼遇是蒸后冷冻。锅中加冷水，把红花蟹放入蒸笼，再点火，用小火将温度慢慢升高。如果温度一下子升高，红花蟹免不了垂死挣扎，手脚会挣断，如战场上的残兵败将。蒸熟后，待其自然冷却，再放冷冻室，雪藏半小时，再转到冷藏室。

冰镇后的蟹肉，肉质鲜美肥嫩，带着丝丝的甜味，咬一口雪白的蟹肉，有雪野清冷的寒意。红花蟹肉质松，含水多，若只是清蒸，口感远不如白蟹，但低温雪藏后，肉质鲜美，有异于白蟹的妙处。

三

红花蟹跟白蟹一样，经得起百般折腾，清蒸、爆炒、香辣、熬粥、煮汤、炒糕，皆可。我吃过的红花蟹中，有香辣花蟹、油焖花蟹、姜葱炒花蟹、金银蒜蒸花蟹、梅子酱蒸花蟹、花蟹煲粥等，吃来吃去，还是冻蟹最妙。我以为，最好的烹饪，是保持食材的原味，虾有虾味，蟹有蟹味，人呢，要有人情味。

日式清酒蒸花蟹，有清淡之美。以低度清口的清酒与花蟹同蒸，花蟹战袍艳丽，但肉质并不浓鲜，而是清淡，如山野掠过的一阵风。与清酒搭档，清淡中带点疏离的清高。

相比于清酒，花雕酒就醇厚多了。花雕鸡油蒸花蟹，意寓"生生猛猛，鸿运当头"，鸡油替代猪油，更加鲜香。吃蟹意味着"生生猛猛"，"鸿运当头"则来自红花蟹的一身红。我朋友年过半百，生了第二胎。老来得子，喜不自胜，请客时特意点了"鸿运当头"的花蟹。大家说这道菜点得好，寓意老来红。跟他年纪差不多大的哥们，已经含饴弄孙，他含饴弄子，真是条如花蟹一般生猛的汉子。被我们这么一夸，他喝酒更生猛了，脸红得跟花蟹一样。

老家人对待红花蟹，不像老广那般痴迷。他们觉得，红花蟹固然鲜嫩清口，带着淡淡的甜香和海水的咸香，但肉质松散，如半老徐娘垮下来的脸颊肌肉，不及青蟹、白蟹二八年华似的紧致，故此花蟹的江湖地位不如青蟹。早些时候，老家的大小饭店里，红花蟹价格不及青蟹。曾经有店家异想天开，拿红花蟹来冒充青蟹。红花蟹蒸熟后，揭下它的红盖头，身子斩成数块，装盘上桌前，换上青蟹的蟹壳。这种瞒天过海的手法，糊弄菜鸟也许可以，但哪里骗得了嘴刁的吃货呢？结果被当场截穿，最后店家不但赔了一笔钱，还成了反面典型，上了我供职过的报纸，沦为茶余饭后的笑料。

我身边有几个吃货，嘴甚刁，能察颜观蟹，舌尖能分辨出雌蟹与雄蟹，能区分得出每一只蟹的血统和出身，是来自海里、湖里、田里还是滩涂，是出自东海还是南海。区别青蟹与红花蟹，那真是小菜一碟，这种敏锐的味觉，不是天生的，而是后天的，是以牺牲数百只蟹的性命练就的。化用欧阳修《卖油翁》的话来说，无他，惟嘴熟尔。

小呀么小白虾

一

《枕草子》里说：漂亮的事是，唐锦。佩刀。木刻的佛像的木纹。颜色很好，花房很长，开着的藤花挂在松树上头。

我续写海边漂亮的事：银鲳。黄鱼。白虾满腹的子。夏天的云，海边的风，穿红袍的膏蟹堆满白玉盘。

去桃渚古城，是暮春初夏。蔷薇花开，是初夏的标志。等到路边的夹竹桃千朵万朵，已到小满。桃渚，离海岸线不过十余公里，是明朝为抗击倭寇设置的千户所所城，也是当年台州府最重要的海防前哨，明代戚继光曾在此大败倭寇。"桃渚"二字，有小桥流水的婉约，但秀美之中隐含宏大。这里的城墙上，还留有烽火台和点将台。

到桃渚，看一截古城墙，看一丛野花，看一株老树，看一段沧桑的火山岩，恁地自在闲适。逛到腹中作响，随便找家小馆子。墙上贴着手写的菜单：沙蒜豆面、红烧水潺、小白虾、炒米面、炒麻糍、汤糕。一时拿不准吃什么，店主说，来点小白虾吧。野生小白虾透骨新鲜，是刚捕捞上来的。

临海的上盘、桃渚、杜桥一带，是孕育野生小白虾的天堂。清明前的小白虾，饱食春天的浮游生物。未到产卵之时，身轻壳薄，有春天的清鲜之气。端午前后，白虾多发，雌虾满腹带子，虾头的卵块发硬，最是味美。

饭店老板瘦高个，很健谈。他说，从前这一带，一年有三季小白虾苗汛，农历四月上旬的春汛，七月上旬的夏汛，九月上旬的秋汛。小白虾旺发时，村落周边，千人下海，用小推网捕捞，一次潮落，随随便便就能捞上一二十斤，多的能捕捞到上百斤。

小白虾可以生吃。渔民出海打鱼，没时间做饭做菜，打捞上小白虾，抓一把放嘴里，清冷冷的鲜。活鱿鱼，扔进热水，烫到七八分，爽口弹牙。活望潮，在盐水里烫一下，整只放入口中，圆滚的小脑袋塞进嘴里，瞬间爆开，黄色的膏汁四溢。

二

小白虾，也称水白虾，大名脊尾白虾。我们那里，喜欢叫它

白虾,《中国海鱼图解》的画工在百余年前认真为它画像

小白虾。小白虾这名字，就像小白菜一样，让人想到鲜嫩细腻。

小白虾是虾中的白衣公子，皮肉皆玉色，体色接近于透明，两只小黑眼珠儿呆萌地挂在头顶上，是讨人喜欢的小可爱。

小白虾适应性强，淡水咸水皆可。比起淡水白虾，东海里的小白虾，带着天然的海水咸鲜，比淡水白虾鲜度更高，味道更好。过去钱塘江边亦多江白虾，八月钱塘潮水滚滚而来，退潮后，江滨人于浅水处捞虾子。杭州人称江虾的虾子为"虾春"，真是春意盎然。

到了产卵季，雌白虾的步足边，密密麻麻的虾子，老家人称

虾子冬笋(盛钟飞/供图)

之为"带子满怀"。渔人取其子,晒干后,称为"海子",让我想到写"面朝大海,春暖花开"的那位同名的早逝诗人。

白虾带膏的虾脑,称为"石榴子",红亮如玛瑙,口感硬实。细嚼,舌尖各种鲜味翻滚。

海子用来炒雪菜,妙不可言。烹制成虾子鞭笋,至鲜至美。若制成虾子卤酱,是极佳的调味品。下光面时,只需放一小勺虾子酱,鲜到你连一滴面汤都不舍得剩下。虾子混合在酱油里,做成虾子酱油,用来蘸白切鸡,鲜甜满口。

我堂兄民安早年办过水产养殖场,对各种海虾了如指掌。他对白虾评价最高,说白虾最补人。他买菜,买得最多的,就是小白虾。小白虾的细腻鲜甜,为别的虾所不及。我去东海边的温岭出差,看望大伯母。大伯母九十九岁,耳聪目明,搓起麻将来,算得煞灵清;走起路来,不用拐杖,稳当得很。平素都是堂兄堂嫂照顾大伯母的生活起居,堂兄每天烧各种海鲜给老母亲吃。他家的餐桌上,小白虾天天有。用水一汆,清爽鲜美,嚼几下,连壳都可以咽下。鱼虾是天然的脑白金。我大伯母这么高龄,脑子还这么好使,算起账来比我还快,有小白虾的一份功劳。

三

江南四季,青虾、白虾都有,青虾个头约三四厘米,白虾个

小白虾(叶文龙/供图)

头小一些。青虾带青，壳略厚，宜做呛虾；白虾壳薄，白灼就很好。白虾、青虾上市时，我会多买一些。抓一些到玻璃碗里，用清水盖过虾身，密封，冷冻，储藏，不管时间多久，虾头都不发黑，味道依旧鲜甜。

别的虾落进热汤，便换一身红袍，小白虾依然是翩翩白衣公子。老家人烧海鲜，向来删繁就简。对付白虾，有白灼和干烧。白灼，即清水煮熟，家乡人称之为"余"。也有干烧的，把锅烧热，将虾放入翻炒，不加一滴水，倒入黄酒少许。熟后，除了头尾略粉红，透明的甲壳依然是白色，如香腮带红，如雨中桃花。

虾是至鲜之物。会过日子的主妇，吃完虾肉，虾头、虾壳舍不得扔。舂碎后，放入生姜，熬虾汤。及至汤色渐浓，滤掉虾头虾壳，是极好的调料。或者扔点虾肉进去，连肉带汤放入冰格冷冻。想吃时，敲下一格，鲜美又补钙。绍兴人也知道虾壳的妙用，绍兴夏日有虾壳笋头汤，很开胃。

虾汤用来浇面，最好。我向来觉得阳春面素淡，淋点鲜美的虾汤，才有阳春三月的活色生香。那种只放葱花的素面，跟浇了虾汤的阳春面相比，一个木讷无趣，一个风情万种。"阳春"二字，一定要鲜香鲜美，否则便辜负了这两字。

江南有"初夏三白"，白兰花、栀子、茉莉。我觉得还应加上白虾。立夏时，白虾肉质鲜嫩，俗称"麦头虾"，其时豌豆正好上市，与蚕豆、青梅一起，称"立夏三新"。来点小白虾炒豌豆，清碧可人，是谓"迎夏"。或者来一道丝瓜小白虾，青绿带白。

端午前后，白虾腹中带子，脑中有膏，更有嚼头。吴地有清炒三虾，我第一次吃时，还以为是三种虾一同清炒，吃了后，才知道不是这回事。白虾剥壳，分别拆下虾脑、虾子、虾仁，然后依次清炒。最后，放入三者同炒。炒熟后，虾仁白，虾脑红，虾子黄，盛在铺了荷叶的白盘上。诗意倒诗意，就是太折腾。品尝三虾，只能是端午前后，别的时候，虾子少，虾脑软。做不成。

虾仁(叶文龙/供图)

除了清炒三虾，吴地还有三虾面。虾脑、虾子、虾仁分别炒熟，再拌面。吃吃三虾，咪咪小酒，听听评弹，窗外，栀子肥大芭蕉绿。夏天真好啊。

老家人没这耐心，也陪不起时间。故乡的三鲜面、姜汤面和麦虾面中，也少不了小白虾。主妇们才懒得剥壳呢，豪放地扔一把蛤蜊一把小白虾进去，再加一把碧绿的小青菜，照样让人齿颊留香。

有气节的红落头

一

　　《坚瓠集》记载了红虾的故事，颇有意思：明朝承平年间，东禅寺有一个叫林酒仙的和尚，喜欢吃虾，有人劝他，出家人不要吃虾。他听后，若有所悟，到有水处，把口里的虾吐出。虾皆游跃而去。为了表示确有其事，故事最后还特地加了一笔："至今东禅寺前河中有红虾。"僧人破荤，是修行不深。而吐虾成活，显然道行高深，如同济公和尚，哪怕酒肉穿肠，亦是活佛济世。

　　浙东海边，最常见的红虾就是"红落头"。红落头是海边人的叫法，如同"狗蛋"之类的小名。这种东海野生虾，大名叫中华管鞭虾，又名东海红虾，也有地方称为"砂壳虾""满堂红""红头虾""蛎虾"，甚至有叫它"大脚黄蜂"的。它天生穿红袍，一身不规则的红色斑纹，肉厚而味鲜，生活在北纬30度的东海黄金海区。老家温岭的海捕虾中，红落头连续多年稳坐头把交椅。渔民出海，一网撒下去，捞上来红红一大片，如同天边红霞跌落网中。

红落头身长不过二三寸，头胸甲占了半个身子。它生活在六七十米深的海下，粗糙的甲壳橘红色，如邋遢秀才酒醉后的一张脸，带点烂烂的颓废感，不修边幅的样子。红落头是有气节的虾，一离开海水，就气绝身亡。一死，脑袋就容易掉，故有些地

冰镇红落头(叶文龙/供图)

方，称它为"掉头虾"，老家则称之为"红落头"。

这种野生海虾，煮熟后，颜色更加红艳，如暮春一树艳红的碧桃。老家人还喜欢叫它"红绿头"。在老家，"落"与"绿"是同一个读音。"红绿头"这个诨名，诗意的人，会想到李清照的"绿肥红瘦"，俗气没情调的人，想到的是绿头苍蝇嗡嗡叫。

二

红颜易老，红落头易落。从海里打捞上来的红落头，如果不及时处理，头很快会变黑，红脸关公变成了黑脸包公。过去保鲜，用的是冰块。为了卖相，黑心商贩还会给红落头涂脂抹粉（虾粉）。撒过虾粉的红落头，外表依旧光鲜亮丽，内里早已软烂不堪。科技改变口福，有了液氮冷冻，远离东海的吃货，也能吃到鲜嗒嗒的红落头——海鲜一出水，液氮-198℃速冻，锁住体内的营养和水分，也锁住了海鲜的鲜嫩肉质。

捕捞上来的东海红落头，如睡美人。睡上一觉，就出现在大小酒店、日料店，脸上红扑扑，身上粉嫩嫩。

八月到十一月，东海红落头味道最佳。喝酒、猜拳、胡吹、海侃，红落头是助兴的不二法宝。老家的大小排档，红落头常见。放水中汆一下，迅速捞出，蘸醋吃是极好的。肉质鲜嫩软糯，有水润感，极为鲜甜。壳与肉容易分离，吃虾老手唇舌一

121

挜，壳去肉留，桌上隆起一个坟包。考究些的，用剥出的虾肉，做虾仁滑鸡蛋。滑滑嫩嫩的虾仁，包在馄饨或饺子里，鲜到吞掉舌头。

夏日出差广东，吃过一道茉莉花焗沙虾。沙虾放锅中煸炒、油炸后，再与茉莉花焗。虾肉入味弹实，细细咀嚼之下，有丝丝缕缕的茉莉花香，风流蕴藉，活色生香。沙虾就是我们这里的红落头。

杭州的龙井虾仁与粤地的茉莉花焗沙虾相比，是异曲同工的风流。杭州的龙井虾仁，一瓣瓣新绿的茶芽，落在象牙白的虾肉上，茶叶清绿，虾肉晶莹，有视觉的美感。做龙井虾仁，通常是取淡水的鲜活河虾或者湖虾。从前，我住东海边，喜欢做一道改良版的龙井虾仁，取红落头的虾仁，个头更大，味更鲜甜。茶叶也是就地取材，用云雾茶或羊岩勾青，快炒出锅，毫不逊色。

三

红落头生呛或做刺身，也极好。做刺身，一身红衣，鲜红饱满。虾肉软嫩绵密，清甜鲜嫩不亚于大名鼎鼎的阿根廷红虾。生呛的话，清新脱俗。红烧跟生呛一比，成了庸脂俗粉。

酒是虾兵蟹将的生死场，所谓生呛就是酒醉，对虾的鲜度要求极高。呛虾有用河虾的，如青虾、白虾，也有用海虾的，如红落头。刚打捞上来的红落头，洗净，放玻璃器皿中，倒入白酒，加酱醋、姜末、蒜蓉，加盖闷上，念几声"阿弥陀佛"替它超生。呛好后，外壳泛着红亮的光，虾肉莹白如玉，看上去，水灵灵，鲜答答，色如秋天的木芙蓉花，写意得很。入口极为鲜糯清甜，如冰种翡翠的清，如春日清泉的甜。

生呛最能体现红落头的鲜甜。如果是活虾，还可用醋呛。唐代刘恂的《岭表异录》里，就记录了以醋呛虾。用香菜、酱和陈醋作为虾的佐料，将活虾放入盘子中，再盖上盖子，虾子还在活蹦乱跳，食客一口一个，吃得好不痛快！

东海红虾，野生野长，有着比各类养殖虾更高等级的鲜美。现在，连野豁豁、活泼泼的小白虾，也能人工养殖。好在红落头一身野气，桀骜不驯，依旧是生猛的野战部队。

拉嘘虾

东海边的孩子，从小吃的是海味零食。别地方的校门口，卖棉花糖、辣条、卤蛋、花生，我们学校门口，卖鱿鱼干、虾蛄干、虾干，卖煮熟的海螺蛳。嗜鲜的口味是从小打下的。

张大千论女人，一等女人肥、白、高，二等女人麻、妖、骚，三等女人泼、辣、刁，四等幼、娇、嗲。若让他评点我老家常吃的几十种虾，不知会有什么断论。肥、白、高容易，要麻、妖、骚，要泼、辣、刁，非野生虾不可。

两种野生海虾常挂老家人嘴边，一为红落头，一为拉嘘虾。红落头，拉嘘虾，皆是诨名，听上去像是野狐禅。还有一种鲜美的小鱼，叫"拉屎包"。别嫌这些名字腌臜。庄子说过，道在瓦

124

砾，道在蝼蚁，道在稗麦，道在屎尿之中。老家人给海鲜起名，完全是继承老庄衣钵。

长着一双红钳子的拉嘘虾，就算在海浪里打滚半辈子的渔民，也很少知道它的真名，大伙儿只管"拉嘘虾拉嘘虾"地乱叫一气，倒显得热络无比。在我老家，"拉嘘"的意思就是"撒尿"。小孩夜半尿床，被称为"拉嘘出"；大人给小孩把尿，叫"拉嘘嘘"；经常尿床的孩子，会被同学讥笑为"拉嘘鸠"。

关于拉嘘虾，有个段子。有一次，上级领导来我们这里检查工作。检查完毕，急着赶飞机，领导嗜手擀面，食堂大师傅赶紧下面条给他垫肚子。刚好进了新鲜的拉嘘虾，大师傅就抓了几撮当料头。我们这里，习惯以面条里的主料来命名面条，比如有大排，就叫大排面，有咸菜肉丝，就叫咸菜肉丝面，有拉嘘虾的，就叫拉嘘面。

面是手擀的，筋道；拉嘘虾是刚出水的，鲜甜。大师傅手艺也不赖。领导稀里呼噜把面和虾吃完，把嘴一抹，说自己平素阅虾无数，却从未吃过此等鲜甜的海虾。遂问当地陪同人员，这是什么虾？

陪同人员觉得"拉嘘虾"三字不够文明，就用普通话认真地回答，领导，这是小便虾！

领导瞬间石化。

其实，拉嘘虾大名叫鼓虾。

二

跟撒尿有关的虾有两种，一种是虾蛄，也叫琴虾。虾蛄受惊吓时，会射出一线水柱，故称"濑尿虾"。濑尿虾这种称谓，因为周星驰的电影《食神》而为众人所知。老家孩子尿床，长辈会焐个小猪肚给孩子吃，或者给孩子吃荔枝干补力。海边则吃虾蛄肉。

拉嘘虾大名鼓虾。鼓虾这名字，跟水潺、望潮一样，相当有意境。它还有另一个花名"乐队虾"，更是文艺。

拉嘘虾有好多种，常吃的是鲜明鼓虾。它喜欢穴居在浅海泥沙里，虾钳一大一小，遇敌时开闭大螯，如打响指。《蓝色星球2》说拉嘘虾的那只大虾螯是捕猎的手枪，通过产生声波来震死猎物，因为"开枪"时"嘎巴嘎巴"地响，故又被称为手枪虾、嘎嘣虾。想不到，小不点的拉嘘虾还有如此生猛的一面，真是虾不可貌相。

拉嘘虾体型不大，但膀粗背宽，有点像举重运动员。它身上有鲜明的斑纹，额角尖细而长，最大的特点是拥有虾螯。一大一小，大的那只与小身板不相称，《海错图》作者聂璜说它"状如拥剑"。拥剑就是招潮蟹，雄性招潮蟹有一大一小两只大螯。聂璜一时性起，为拉嘘虾写了首打油诗："虾小钳大，状如拥剑。

拉嘘虾的大名叫鼓虾(叶文龙/供图)

莫邪干将，双舞海面。"

　　我老家人觉得它个头不大，对它颇有几分轻视，称它为"拉嘘虾"。舟山人却称它为"强盗虾"，说它凶悍有攻击力。

三

　　三月拉嘘虾，最是鲜甜。我一年总要去一两次海边，吹吹海风，吃吃海鲜，解解厌气。彪兄是山里人，海风吹来，他闻着是一团腥膻，我却陶醉于这带着鲜咸味的空气，吸几口，顿觉神清气爽。随便找家靠海的渔家乐，剥着拉嘘虾，看着窗外海浪奔涌，顿觉野趣飞扬。

拉嘘虾个性"泼、辣、刁"，不好摆布，无法人工养殖，都是渔船捕捞时顺带上来的，属于纯野生海鲜。在浙东海边，过去拉嘘虾跟水潺、虾蛄一样，不值钱，或磨成鱼粉当饲料，或直接喂了鸡鸭。海边吃小海鲜长大的鸡鸭，被叫成"海鲜鸡""海鲜鸭"，羽毛发亮，精神健旺，惹恼了它们，会飞奔过来追着人啄。那些张扬跋扈的海鲜鸡，动不动就飞上枝头。

拉嘘虾是渔民的下酒利器。剥拉嘘虾下酒，跟用花生米下酒一样寻常。只是，在海边人眼里，拉嘘虾下酒是生活，花生米下酒只能算活着。

拉嘘虾糙皮嫩肉，炒与炸不适合拉嘘虾，最简单的就是水煮，过一下热水，马上捞出。吃时蘸点醋，能激发出肉身的鲜美。拉嘘虾没有一丝尿味，有的只是鲜味。外地朋友来，我请他们吃大排档，他们觉得拉嘘虾这名字不雅，可是吃着吃着，越吃越上头，也就不计较它拉的是尿还是屎了。

拉嘘虾跟红落头一样，生呛也很好吃。洗净，倒盐，加花椒、白糖、姜末、白酒，鲜咸清口，是另一种风味。吃拉嘘虾会上瘾，一段时间吃不到会想得慌。依我看，拉嘘虾既然这么鲜美，在重要场合，好歹对它尊重点，不要开口闭口"拉嘘虾拉嘘虾"的，请叫它一声大名：鼓虾。

在老家时，常吃拉嘘虾。定居杭州后，这玩意儿吃得少了。从前台州到杭州，山高路远，要坐一天的长途汽车，拉嘘虾经不起这样的颠簸。现在动车一小时。前些日子，杭州难得飘起雪花，好客的陈枫在钱塘江边设家宴，请一众姐妹到家聚会。一桌子的虾兵蟹将，都是刚从东海打捞上来，从台州加急运到杭州的。上来一大盘拉嘘虾，垒得高高如谷堆，姐妹们吃得两眼发光，很快见了底。再来一盘，还是光盘。吃着拉嘘虾，说到故乡的人和事，不免惆怅。

在杭州，拉嘘虾也成了乡愁。

泥鱼滚豆腐

一

李可染先生曾言，吾爱江南，江南之美时萦梦寐……惓惓情深，不能自已。说起泥鱼滚豆腐，老家人也是惓惓情深，不能自已。

泥鱼这名字，听上去像是个泥腿子。相比于黄鱼、梅童、望潮这些阳春白雪，泥鱼只能算是下里巴人。从前海鲜多，泥鱼上不了台面，剁巴剁巴喂了鸡鸭。现在泥鱼也成了稀罕物，跻身东海海鲜之列。

十里不同风，百里不同名。水族中，被叫成泥鱼的，有好几种。广东的泥鱼是指整天在泥涂里打滚的弹涂鱼，《浙江省水产志》里所称的泥鱼，是中华乌塘鳢。泥鱼身份混乱，需要补一张

泥鱼(陈林华/供图)

鱼族身份证来证明自己。

泥鱼，头大尾长，眼突嘴圆，牙细而密，体形有点像胡萝卜，又好像秦叔宝的金装锏，身上有黏液，滑不溜丢。腹鳍跟跳鱼一样，发育成吸盘状。有了这吸盘，好比系上安全带，即便陡峭的礁石，它也能吸附其上，不会造成重大安全事故。逆流向前时，游累了，还可以吸附在石头底下休息。

泥鱼个头不大，但生性憨直凶猛，尤喜吃虾。它通常生活在滩涂海塘中，偶尔地，也会出现在我堂兄的水产养殖场里。海边的养虾池，有一个小通道，供海水流入。怕不法分子混进养虾池捣乱，早就安装上细网。别的鱼都给挡在外头，只有泥鱼能偷混进去——泥鱼在通道外产卵，细小如蚁的鱼卵，随着海水流进池中。小泥鱼在池中很快长大，胃口如狼似虎，成为虾兵的噩梦。

泥鱼是个愣头青，有股子蛮劲，一有好吃的，那呆子不管三七二十一，扑上去就是一口。

二

老家滩涂上，除了泥鱼，还有跳鱼与杜望（老家人称之为涂鳗，学名中华乌塘鳢）。在浙东沿海，泥鱼、跳鱼、杜望这三个泥孩子，被称为"海涂三宝"。三个小活宝，在滩涂嬉戏打闹，跌打滚爬，滚得一身烂泥，难分彼此。它们的体色呈土黄或褐

滩涂寻鲜（张剑/供图）

色，跟泥土接近，这是它们的保护色。

海边人家知道泥鱼喜欢在泥塘里嬉戏，或用诱饵钓，或用畚斗网拦，用棍子驱赶。泥鱼惊惶失措，无处可逃，自投罗网。

离海不远的沟渠里也有泥鱼。儿子小时候，彪兄带他去抓鱼，把小沟渠两端用石头堵上，用盆将水舀干，泥鱼在泥中蹦跳翻滚，束手就擒。如果不抽水，就用石头围住一圈水，再采一把红辣蓼。辣蓼在乡间是酿酒的原料，带有辣味。用石头捣烂辣蓼，扔进水里，鱼如喝醉酒般晕晕乎乎。趁它们头昏脑涨摸不着北，用竹篮一捞，就是一条，还能捞上别的杂鱼小虾。

泥鱼野性十足，却薄命，春生夏长，秋藏冬亡，活不过一年。农历三月，泥鱼身子消瘦，没了以前的丰腴，味道最差。老家台州有谚语，"三月泥鱼，溜滞拔肠"，形容春天泥鱼味道之差，"三月泥鱼"在老家还有另一层含义，指出工不出力的人。

五六月，小泥鱼慢慢长大，七八月间，长至泥鳅大小。它东奔西走，以鱼虾为食，到了十月，泥鱼肥嘟嘟、圆滚滚，肉质肥厚，味道最佳。

秋天是泥鱼的爱情季。雄鱼躲进滩涂的泥洞中，这泥洞是它的爱巢，引来雌鱼，在此结下秦晋之好，完成传宗接代的重任。泥鱼喜温怕冷，它在洞中越钻越深。当朔风从北向南吹来，天气一天比一天寒冷，泥鱼抵不住晚来风急，悄然死去。

三

泥鱼以鲜著称，价格不高，但很受老饕欢迎，它脸颊上的蒜瓣肉，尤其喜人。红烧、炖汤、椒盐都可。椒盐泥鱼，外焦里嫩，很有嚼头。海边人还把它晒成泥鱼干，用来佐酒下饭。

椒江老巷子里有仁益饭店，看上去不起眼，但菜烧得很好，泥孙滚豆腐是店里的拿手菜，老家人称泥鱼为"泥孙"。

带烟火气的老豆腐，与泥鱼同炖，鲜出新高度。古人称豆腐为"小宰羊"，把豆腐与肥嫩的羔羊肉相提并论，可见其味。现在石膏点的老豆腐，硬邦邦毫无弹性，简直可以当成雕塑用的毛坯。家乡有盐卤点的老豆腐，托在手中，晃悠悠却不散架，放在汤里，久煮不糊，鲜美入味。

泥鱼与豆腐同煮，鱼汤炖到奶白，噗噗翻滚着。雪白的豆腐上下翻腾，"笃"出一个个细泡孔，鱼肉的鲜味渗入其中。起锅时，撒上一把碧绿的葱花，汤里隐约江南风味。

随便夹起一块，无论豆腐还是泥鱼，皆滑嫩鲜美。一夹进嘴里，豆腐在嘴里烫得无处安放，鱼肉直接滑进胃里，热乎乎的。干完泥鱼和豆腐，牛奶般的鱼汤舍不得倒掉，抓一把粉丝，扔到里面。煮开后，味道比过桥米线还要鲜香。

泥蒜冻

一

老家台州，被戏称为浙江"散装"地级市。隔壁温州，被戏称为中国土豪地级市。经济上，温台人民有无穷的创造力，在吃上亦不遑多让，江鲜海味，煎炸烹炒，天马行空，任意发挥，美食花样儿玩起来比碎嘴婆娘的闲话还多。

温台人民剽悍，就算在家中浴缸游泳，都能游出乘风破浪的气势。温台有各种黑暗美食，比如用长相惊悚的海蜈蚣做成的蜈蚣饼，比如血渍乌拉的血蛤，比如用不够塞牙缝的细小带鱼，加萝卜丝、红曲和盐，发酵成的红呼呼、烂糟糟的鱼生——说是发酵，其实跟腐烂也没什么差别。再比如扭曲如虫的泥蒜冻。

北方人民爱泥地里的大蒜，南方人民爱滩涂中的沙蒜、岩蒜和泥蒜，并由此派生出"蒜"系美味——沙蒜豆面、岩蒜年糕、泥蒜冻。

泥蒜，是海虫，长相类似肥胖蚯蚓，大名可口革囊星虫。"革囊"二字，说明它皮质坚韧，胶质丰富。泥蒜小名很多，"沙肠子""土钉""泥虫"。这种滩涂上的软体动物，其貌不扬，没骨般地滑腻。它有一条小尾巴，如火柴梗，一有风吹草动，就缩进体内。

泥蒜寸许大小，善钻土，又名"土钻"，还有一个小名，叫"泥蛋"，听上去就像是村里邋里邋遢的野孩子。它钻进土中，不是捉迷藏，而是从泥沙中汲取营养。

福建一带，称之为"泥笋""土笋"。意谓其鲜美程度可以跟春笋一拼。玉环人称它为"蒜蒜儿"，简直就是昵称，充分证明了吾乡人民对它的深厚感情。

二

东海滩涂多泥蒜。每年三月，春风送暖，海边人用一把锄头，把泥蒜带出地底下的幽暗世界。

老泥蒜颜色黑褐，嫩泥蒜颜色灰白。泥蒜是泥蛋子，全身都是泥，肚子里也裹着泥沙，要用力捣、踩。生猛些的，索性用石轮碾压，挤出脏物，再放水里洗净。泥蒜洗不干净的话，吃起来

泥蒜（赵盛龙/供图）

很"泥"，满嘴土腥。

等到一夜西风紧，寒流入侵，泥蒜更丰腴肥美。把泥蒜"哗啦啦"倒入油锅煸炒，熟后蘸点酱醋，爽脆鲜美，是下酒好菜。《海错图》里就写到炒泥蒜，说掘得泥蒜，捣敲净白，仅存其皮，寸切炒食，"甚脆美"。泥蒜蛋花汤，味道比紫菜汤还要鲜美。泥蒜跟洋参、瘦肉合炖，就成了药膳煲。泥蒜的胶质和胶原蛋白十分丰富，用来煮年糕、炒粉干，味道不俗。温州有泥蒜粉干，外地人不敢吃。温州人脑瓜子灵，抬举泥蒜为"海中虫草"。泥蒜炒粉干戴上高帽成了海中虫草炒粉干，外地人吃得欢。

海边人家上火，牙龈肿痛、喉痒干咳，下火的药有陈年黄鱼鲞，有泥螺，也有泥蒜。泥蒜能滋阴降火，还能健脾。小孩夜尿多，海边人家会给小娃娃吃虾蛄和泥蒜。

三

最称我心的是泥蒜冻。在大小饭馆，只要见到泥蒜冻，必翻它的牌子。泥蒜冻，色灰白，晶莹透明，富有弹性。用刀切成麻将牌大小，是极受欢迎的海鲜冷盘。

生姜放进油里煸炒，倒入切段的泥蒜，加水、酒、盐、醋等，细火慢熬，它的浓稠胶质会慢慢被"逼"出来。汤汤水水冷却后，凝结成胶冻，如冰封之下的荷塘。上面一层冻，下面若隐若现的泥蒜如荷茎。

别看泥蒜扭曲如蚯蚓，熬成冻后，那种干和湿、浓和淡之间的鲜美，可用"清逸浥润"来形容，一如王维诗。泥蒜生前长得如恶魔，"超度"后成为吃货眼中的天使。

巧手的主妇杀了鱼，会单独留下鱼鳔，晾干后存放一边。等到家里烧泥蒜，一并放入，鲜香有嚼头。还有更奢侈的，用米鱼胶熬汤，再加上黄皮泥蒜，这样的泥蒜冻，又鲜又滋补。

春节前去泉州，逛吃逛吃。泉州号称半城烟火半城仙，多美食，亦多鬼神。走个巷子，冷不丁撞见一个庙宇，大小饭馆，都有泥蒜冻，当地人叫土笋冻。

闽南人是土笋冻的"真爱粉"，他们有一首歌，叫《哇，土笋冻》，"土笋冻呀土笋冻，最最好吃真正港（正宗）……酸醋芥末芫荽香，鸡鸭鱼肉我都无稀罕，特别爱咱家乡土笋冻……"闽南人唱起土笋冻，感情很奔放，就像唱《爱拼才会赢》（爱biang家诶呀）。闽南朋友跟我吹牛，他们的土笋冻上过国宴。据说慈禧太后那会儿，美国舰队到访厦门，大清帝国派专人接待，各种奇珍异味上了国宴，其中一道就是土笋冻。

野生泥蒜已经无法满足海边吃货的需求。嗅觉灵敏的温台渔民，继养殖黄鱼、鲈鱼、虾兵蟹将后，开始养泥蒜。广西人从越南买来泥蒜苗，贩到温台，在温台养大养肥，卖到福建，形成完美的闭环。

前些日子，朋友从内蒙古过来，我请她吃海鲜。朋友吃了沙蒜豆面、泥蒜冻之后，说自己感动得想流泪，恨不得即席赋诗一首，一定要我带她到后厨见识一下这俩活宝的真面目。

等她看到桶里蠕动着的沙蒜和泥蒜后，吓得花容失色，再也不敢动箸。现在，凡有外地朋友提出类似的要求，我通常以"厨房重地，闲人莫入"为由婉拒，以免给内陆吃货留下心理阴影。

海苔记

一

海苔二字，有海浪哗然的声响，隐含着大海辽阔深远的气息。

吃了紫阳街的海苔饼后，我才关注起海苔。如果没有海苔饼，我与海苔，纵使相逢亦陌路。

海苔是海藻中的一种，又叫苔条、苔菜，大名叫浒苔。浒是水边之意，浒苔就是水边之苔。唐诗宋词描写浙江的名句中，出现频率最高的字，是青、绿、春。海苔都占全了。海苔在日本，就被称为青苔。青苔二字甚妙，石上清泉，海上青苔，有唐宋诗韵。

海苔在大海中随着海浪起浮。它青翠如夜雨春韭，浓绿如极品翡翠，柔弱似初生杨柳，细长如枝头藤蔓。在海中，丝丝缕缕，缠绕一起，如解不开理还乱的心事。这一缕缕绿丝被大海带到滩涂，退潮后，也不肯回去。咸淡水交汇的泥质滩涂中，常见海苔，仿佛稻禾长于田中，绿草长于原野。

海苔的采收从冬天开始。冬天的海苔称为冬苔，最是细腻，也最稀少，跟头水紫菜一样，是尖货。

冬日采苔是辛苦活。起得早，滩涂上有白白的晨霜。冷月还挂在天上，海风锐利，刮在脸上，刀割一般，海苔稀稀疏疏地藏身于涂泥中。三五人赤脚行走在冰冷的滩涂上，用生满冻疮的手，采来一缕缕海苔，此时的海苔如邋遢鬼，满身泥污，被称为泥苔。

海苔要日采日晒，当日采收的海苔，必须当日清洗当日晾晒。在冰冷的海水中洗泥苔，手和脚冻到刺痛麻木。海水打湿衣衫，牙齿冻得"格格"抖，这滋味不好受。

洗净后的海苔，不再是邋遢孩子，而是青葱少女。挂在木架草绳上，湿漉漉的水，顺着海苔婉转地滴下，这木架，成了绿色的檐。蔓生的绿，如无边的春，给冷色调的滩涂增加了亮色。海风一吹，海苔随风拂动，如海妖甩发。

晒成的干苔，称作苔条。干海苔揉成粉，是鲜美的调味品，烧桂花年糕、桂花汤圆，撒上一小撮，鲜美!

海苔晾晒要看天。晴天出太阳最好，但太阳不能过烈，晒得也不宜过久，晒久了，会变白，如天山童姥的一头白发。阴天晾出的海苔，不够油亮，少了精气神，如患了忧郁症的少女。海苔最怕淋雨，如果淋了雨，再晒，色泽黯淡发黄，人老珠黄的样。

二

清明前苔，谷雨前茶。清明前的海苔，青翠碧绿，鲜美细嫩。春风一吹，海苔旺发，空气中满是咸腥味道。潮水退后，滩涂心无城府地袒露在天空下。海边人骑着泥马，赶紧过来采收海苔。耙起一坨坨"绿发"，放进竹筐，捞满半筐，便用泥马推到海边。竹筐浸水，海水冲刷，泥沙洗净。晒干后的海苔，可以直接嚼吃，如果放火上烘烤，松脆鲜香，可当零食。

到了谷雨，海苔日生夜长，十分繁茂。从冬苔的细如蚕丝、薄如蝉翼，变成暮春的乱麻和粗线，口感差了许多。夏天来时，藻体老化，从舌上尖货沦为猪食。

海苔繁殖力很强，如"离离海上草"，生生不息，采完一茬还有一茬。一缕缕的青丝，几天就会变成一片片青纱。有一年我去青岛，正好碰上海苔肆虐，报纸上是粗大的标题——"浒苔围青"。这四字，看着风雅，实际上，它指的是青岛连年遭受绿潮侵袭，海面变成草原，腥臭扑鼻。

北方闻之色变的绿藻，到了南方，变成花样繁多的美食。南方人到底精细。

三

《晏子春秋》里，提到晏子把苔条当下饭菜。在江南，以海苔做的美食，至少有二三十种。海苔饼、苔菜月饼、千层饼、苔菜油赞子、苔菜拖黄鱼、苔菜小方烤、苔菜花生米等。这些美食，上得了米其林餐厅，下得了寻常人家厅堂。寻常食物有海苔加持，仿佛就有四两拨千斤的功力。

浒苔花生米，是海边人家的下酒好菜。一小盘浒苔花生米，两两相对，边吃边聊，可以吃到脸如红虾，大醉而归。

海苔饼是老家人爱吃的点心，属于"天赋异饼"。节假日，每天有十万个海苔饼从临海紫阳街出发，销往全国各地。一到节假日，海苔饼店前就会排起长队，店主在节后贴出闭店告示："老板太累了，休息两天。"

海苔饼是厚厚的小圆饼，里面是墨绿如玉的海苔。买回一筒，回家泡一杯谷雨前的羊岩勾青，拈一块海苔饼放嘴里，沙、甜、香、咸，潮水一样在舌尖上铺陈。

而离府城百里的三门，则有海苔麦饼，分咸甜两种。甜者，以芝麻海苔做的馅，隐约有海风的咸湿。

海苔虾球（叶文龙/供图）

　　苔菜煎鲳鱼、苔菜江白虾，是浙东宁波常见的美食。最妙的是苔条拖黄鱼。海苔剪碎，放入面粉，调成糊状，小黄鱼浸入面糊后，放油中炸至金黄，鲜味能引来一里之外的馋猫。

　　厦门的春卷中，也有海苔。厦门的春卷，饼皮很大。摊开饼皮，先撒上一层薄脆的海苔。海苔能增香添色，也能吸取馅料多余的汁水，再挟进海鲜、时蔬。馅料丰俭由人，但海苔必不可少。咬之，清鲜爽口，满口余香。节气、春天、大海与大地的风物，相会在一只春卷中，让人舌尖欢愉。

　　海苔跟紫菜一样，能消瘰疬瘿瘤、治泄胀、化痰，还能治水土不服。《本草纲目》记载，鼻子出血时，以海苔烧末吹，能止血。手背肿痛时，浸湿海苔敷在手背上，能消肿。舟山人鱼刺卡喉的时候，不是吃醋，而是大口大口吞海苔，据说很管用。

紫菜记

一

台州1号公路起步于三门蛇蟠岛，止于玉环海山岛，全长273公里，号称台州最美公路。我只走过头尾两段。深秋的时候，到玉环参加东海文化旅游节，当美食推荐官推荐山海美食，抽空到1号公路兜了个风。

沿弯弯曲曲的环岛公路一直往前开，就从山路开到海路。去得早，沿途没什么人，山路两边，是金黄的文旦，火红的野柿，芦苇在风中招摇。时令已过霜降，秋气浩荡，海岛风物丰饶，让人感叹江南大地秋之美好。开到鹭鸶岛时，正赶上渔人在采收紫菜。

一望无际的大海上，可见一排排放养紫菜的竹架。紫菜附着在网帘上，淹没在海水之下。退潮之后，隐约的光芒，如紫气东来。

故乡沿海，紫菜众多。过去，蛇蟠洋、黄琅乡一带，野生紫菜和浒苔成片生长。"千山紫菜万山苔"，放眼望去，青紫一片，蔚为壮观。

野生紫菜生于岩礁之上，海浪冲击力越强，产量越高，浪越平，紫菜越少。野生紫菜柔滑绵长，如一条条紫色或褐绿色的丝绸，海浪涌动时，飘拂如海妖的长发。潮水一退，平日里藏身于水下的礁石，露出嶙峋的身子骨，紫菜紧贴岩礁上，悄无声息。

岩礁上的紫菜，海边人称之为岩头菜。生长紫菜的岩礁，叫做菜坛，听上去好像是农夫的菜园子。等到春末，岩上紫菜一夜间神秘消失，仿佛风带走了一切。

二

鹭鸶岛上，现在鲜见野生紫菜，多是人工放养的紫菜。紫菜最早放养在平缓的滩涂上，海涂坡度小，潮流通畅，能够为紫菜带来丰富的"口粮"。现在用上更先进的立竿式养殖法，直接放养在大海中。白露前后，开始下苗，用网帘、毛竹插杆、浮筒、缆绳等，提前在低潮位海区布好局。紫菜根依附在竹竿搭成的养殖网格中，横排竖直，被"种"在大海里。二十多天后，就有收获。

我去鹭鸶岛时，渔人正开着船在大海里采收头水紫菜。收满一船，就用巨大的吊机吊到岸上。一团团巨大的紫菜，如乱麻扭

鹭鸶岛上的紫菜养殖基地

结在一起，被悬吊在半空中，湿漉漉地滴着水。

紫菜跟韭菜一样，长了割，割了又长，仿佛有神力。最好的头水紫菜，在农历十月初收割，颜色深紫，油光发亮，是特级菜。第二次收割的叫第二水，直到六水、七水。最后一遍采收的，叫"倒脚菜"。

秋冬紫菜生长慢，藻体薄嫩，紫色发亮，口感好，称冬菜。立春之后，叫春菜，藻体粗厚，颜色青黄，口感差好多。过了清明，紫菜就不能食用了。

刚采摘下来的紫菜，绿莹莹中带点紫红或棕色。洗净后，切成一厘米左右的碎片，团成一团团，放在竹筛上晾晒。原本如丝绸带子的长长紫菜，变成如普洱茶饼一般的紫菜圆饼。从前海边，紫菜丰收时，竹筛一张张，一片片，如排兵布阵。

现在采摘完紫菜，不用人工清洗和晾晒。大池清洗，离心甩干，烘烤后，就成了一团团的干紫菜。

三

紫菜是很好的调味品，点睛提味最妙。古人曾用诗意的语言赞美它："吴羹清味，用调鼎鼐。"紫菜的鲜味，主要来源于氨基酸盐，而海味，来自蘑菇醇。这种味道，日本人称之为"磯味"（礁石味）。

南宋台州学者车若水在笔记《脚气集》中道："海菜以紫菜为贵，海藻次之。"他说海菜中，价值最高的就是紫菜。医书上说，紫菜甘咸而寒，利水消肿，热气塞咽或瘿结积块，常食紫菜，大有益处。

《西游记》中，女儿国国王一见唐僧就动了心，为师徒四人举办盛大的国宴，那八戒哪管好歹，放开肚子就吃，"黄花菜、石花菜、紫菜……一骨辣噇了个罄尽，喝了五七杯酒"。紫菜出现在女儿国的国宴上，八戒一脸馋相，三口两口吃了个底朝天。

紫菜做成的点心，有紫菜饼、紫菜饺。老家有种点心叫紫气东来，将紫菜与虾仁、青红椒粒、熟火腿末、熟松仁一起，搅拌均匀，煎至两面微黄，切成菱形块，味道很赞。我到台湾时，吃过素海参，用紫菜和葛根粉做的，能吃出海参味。

上品的干紫菜，色紫黑，有光泽。撕成条条缕缕，加点虾皮或榨菜，放点猪油，倒上热开水，泡开后，颜色嫩绿，如春天初生的叶芽，薄到近乎透明，有丝一般柔软口感。再是低潮的胃口，有紫菜加持，也能达到高潮，如宇宙洪荒开了天地。考究的，再打一个鸡蛋，蛋花如天上烟火炸开。黑紫之间，金色渲染，让人精神为之一振。就算没有吹过海风，踩过泥涂，闻过咸湿的空气，吃了紫菜，亦知大海的味道。

食堂里，最常见的汤，便是紫菜汤，免费提供。有同学某，身家上亿。当年家贫，月底菜票用光，先打一碗免费的米饭，再舀一勺紫菜汤，能稀里哗啦干掉一大碗米饭。如果去得早，捞到汤里的虾皮、蛋花、榨菜，等于添了一碗小菜。他现在发迹了，鲍翅肚参，想吃就吃，却念念不忘当年的紫菜汤。

十多年前，我参加新疆边境线上的探秘活动，跟队友一起，背着几十斤重的背包，徒步在柴达木盆地。四十多度的高温，我们在柴达木盆地走了一整天。傍晚，在戈壁滩上搭起帐篷露营。在沙漠上架起煤气炉，后勤部队背来的半爿羊架子，直接扔进大锅里煮。煮熟后，用刀切块，男男女女，如绿林好汉，直接用手抓起大啖。羊肉是唯一的硬菜，虾皮紫菜包拆开后，用热水一泡，成了唯一的海鲜。那一晚的星光满天，那一晚的笑声朗朗，我到现在还记得。

那是我喝到过的最鲜美的紫菜汤。

海带记

一

《风味人间》第二季，有一集叫《颗粒苍穹传》，讲到地球另一端的人们运用智慧，把晶莹饱满的鱼卵，变成舌尖美味：漫长的冬季过去后，春天终于抵达阿拉斯加。与春天一起抵达的，还有数以亿计的鲱鱼。一条鲱鱼在春天可以产下四万枚卵。基克阿迪氏族的人们，沿袭古老的传统，把树枝沉入海底，吸引鲱鱼在这里聚集产卵。这些鱼卵有脆实的口感，是难得的美味。

其实，海底下的海带，亦是鱼类产卵的产房。在日本，有种子持昆布，是顶尖美味。所谓子持昆布就是布满鱼卵的海带。昆布，是海带的别名。每到春来，鱼卵布满海带表面，一层一层，如积了厚厚的春雪。饱满的鱼卵，厚重的海带，呈现清爽甘鲜的滋味。一口下去，如同浪花绽放在舌尖，鲜美喷薄而出。

海底，犹如森林，海带、水草茂密生长。海带越长越大，越长越肥，一棵海带就有十来斤重。深褐色的飘带，又长又宽，起浮于波涛之中，鱼群悠然穿梭其中。每一次的海浪袭来，海带就迎着浪涛起舞，漂浮翻卷。那些鱼儿虾儿，藏身于海带丛中，嬉戏打闹，长大后产卵其上。风大浪急时，幼小的鱼儿怕被海浪冲走，会用一张张小嘴咬住海带。海带是鱼儿的青纱帐。

敦煌莫高窟的飞天仙女，手臂上缠绕着长长的彩带。在传说中，东海龙宫的太子，一亮相，便是坚固的鳌甲护身，海带披挂在身，显得威猛又飘逸。

从前，海带珍贵，因长于海底，很难采收，只有王公贵族才得以享用。明末小说《明珠缘》，描写明代宦官魏忠贤与明熹宗的乳母客氏互相勾结、乱政篡权的故事。里面写到宫中大摆筵宴，琥珀杯、玻璃盏，金箱翠点；黄金盘、白玉碗，锦嵌花缠。山珍海味，一应俱全，列出的珍稀海味，有金虾干、黄蛤、银鱼、蟹鳌、松江鲈、汉水鲂、鲟鲊螺干等，还有一道"海带配龙须"。在盛大宴会上，海带上桌，可见其身价。

二

昔日，海带是国色天香，高不可攀。人工养殖后，海带成了

海带(叶文龙/供图)

荆钗布裙。

海带喜冷。下苗通常是在寒露深重的深秋。选种培育出孢子，在生长基上发育成幼苗，挂在粗长的麻绳上。海带头长出的根须，如同丝线，会像葡萄苗的根须一般，紧紧地缠绕着麻绳。即便大风大浪，有麻绳担当，海带也不会随波逐流。浅海水域中，那一根根挂苗的细竿，缠绕着绿幽幽的海带，如同水田上绿色的秧苗。

度过刺骨寒冷的冬天，海带迎来快速生长期。清明前后，就可起收海带。收割海带都是在晴天。海带怕阴湿，碰到阴雨，容易腐烂和霉变。

收割来的海带，沉重无比。在木架上悬挂晾晒，如巨大的橄榄绿布幔，在阳光下油绿发亮。早上挂出的海带，要在日落时收回，防止夜露打湿。

翻晒海带，如同翻晒布匹。两三日曝晒后，水分蒸发，如同水母脱水，卷曲皱缩，风味凝聚，乱糟糟如一团皱纸。几十斤重的海带，缩水后，瘦成了几两，轻飘飘，如枯叶一般。

三

我在菜场上买的干海带，总是缠结成一把把，皱皱巴巴的样子，如同家里用旧了的干拖布。颜色呈黑褐色或绿褐色，表面附有白霜。这层薄薄的白霜，就是析出的甘露醇，味道鲜甜，它是鲜味鼻祖。从海带中提取的谷氨酸钠（味精），是菜肴收锅前的点睛之笔。

干海带吃之前，要放水里浸泡。在水中，它逐渐膨胀，变得透亮而有弹性，显出深沉的墨绿色，恢复了在大海中的风采。

海带可生吃，若烹饪，只要断生即可。切条、打结，夏天凉拌，冬天炖汤。一道海带结煮大棒骨，炖得噗噗冒气，滋味醇厚。敲骨吸髓，能吃出一身汗。

翻看医书时，无意中翻到一则案例：有人背后长满瘤子，一个月内吃了五公斤海带，背上的瘤子某一日全部掉光。医家说，海带与紫菜一样，有软坚的作用。瘿坚如石者，吃海带可消除。医书还道，海带能让人"瘦劣"，瘦劣的意思是瘦过头了。海带中含有大量的甘露醇，能利尿消肿。看来，要想身轻如燕，得多吃些海带。

海带与紫菜一样，含碘丰富。我女友怀疑自己缺碘，跑到省城医院问诊，想补点碘，医生瞟了她一眼，问，哪来的？答，台州。医生一听是台州，嘴一撇：台州海鲜那么多，台州人不缺碘，补什么补？！

墨汁美味

要说粗犷豪迈，海边人并不亚于山里人。金贵海鲜，哪怕黄鱼、河鲀，都可以剁块家烧。要说心灵手巧，海边人也要好好记上一笔，黑乎乎的墨鱼汁，一通捣鼓，化为舌尖妙物。

大海中，墨鱼总是随身携带掩护工具。受到惊吓或遇到强敌，利索地喷出一大团墨汁，如同扔下一颗烟幕弹，把水搅浑后，借机来个"墨遁"。墨汁有新旧之分。墨鱼喷出墨囊中储存的旧弹药后，很快就会产生新墨汁，新墨汁的鲜度更高。墨鱼挖空脑袋也想不到，它用来对付敌人的武器，怎么就成了人间美味？

菜场里买回来的墨鱼，拿一把利剪给它开膛破肚，剪破墨囊，黑乎乎的墨汁就会流淌出来，沾得满手乌黑。有时不小心，墨汁还会溅得四下里都是，东一点西一点。有几年，墨鱼旺发，价格低如米价，我天天吃墨鱼，老屋的墙上，留下斑斑墨汁。不知道的，还以为我在白墙上泼墨挥毫。

只有菜鸟才会把墨汁当污水，道行深的老鸟都知道，黑乎乎的墨汁是个宝，富含黑色素和蛋白多糖复合体，还有各种氨基酸和微量元素。按照老中医的说法，墨鱼汁还能当药物，收敛止血，除湿敛疮。传统医学宝库真是博大啊，好食材原来都是好药材。

二

我老家有各种暗黑系的美食，原汁墨鱼最是常见。癸卯年，到上海朵云书店参加《东海寻鲜》的新书发布会，跟着严强兄在樾鲜餐厅吃过原汁墨鱼，味道跟老家的分毫不差。

樾鲜主打台州菜，大厨多来自台州，做原汁墨鱼驾轻就熟。扯出墨鱼的墨囊和船板般的鱼骨，整只煨熟，斜切成环条圈状，把备好的墨鱼汁收浓汁水，熬到浓黑发亮，浇在墨鱼圈上。整盘墨鱼色泽乌亮，入口弹韧，用老家话来说，"韧纠纠"，很有嚼头。白盘上的浓黑墨汁，如夏日雷雨来之前的乌云压城，如山色空蒙雨亦奇的水墨渲染，干、湿、浓、淡，各有变化。原汁墨鱼

原汁墨鱼(王金宝/供图)

筋道有味，墨香浓郁，越嚼越香，吃到满嘴黑。

樾鲜的墨鱼香肠，是我的最爱。墨鱼肉加少许五花肉，倒上乌漆嘛黑的墨鱼汁，打成肉泥，拌上事先切好的墨鱼丁，再灌进肠衣，用线一段一段扎起，放水中煮熟、捞出后，晾凉即可。墨鱼香肠可整条煎着吃，也可切片吃，比猪肉肠好吃多了。

墨汁鱼丸常吃。圆滚滚，乒乓球大小，初看以为是武林高手的暗器，又像有某种神力的大力丸。入口滑嫩，牙齿咬合之间，鱼肉的鲜甜像海浪一样翻涌。冬夜里来上几颗，胃里暖乎乎的。大冷天，撒了胡椒粉的热汤，"呼噜噜"一口喝下，出一身微汗，真是痛快。

墨汁脆香乳鸽，也走黑暗路线。此时的乳鸽，再也没有红亮油光的志得意满，如同一只黑不溜秋的乌鸦，锋芒皆敛，有二分落魄三分沧桑。乳鸽颜色虽变，

樾鲜的墨鱼香肠

但风味不改，脆中带香的黑皮，油润爽口。

豆腐不见得都是白嫩的，上了墨鱼汁的墨汁豆腐，俨然一块黑砖。有了"黑色案底"，豆腐再也不能称"清白身世"。

前不久回老家讲座，朋友带我到龙宴品菜，又尝到一道黑暗系甜食，叫黑珍珠。龙宴是金梧桐二星，江湖上名声不小，常有标新立异的菜式。

黑珍珠食如其名，黑亮圆润。初看以为是小一号的墨汁鱼丸，其实，黑乎乎的外表下，是金灿灿的内心，包裹着的榴梿肉，有醇厚浓郁的热带风味。舌头一卷，榴梿肉如冰激凌一般化开来，仿佛置身于东南亚的雨林中，温软香浓，意犹未尽。

三

在老家，各种墨汁做的菜肴，出尽风头，墨汁打底的小吃，也可以摆上一桌。墨汁年糕、墨汁面条、墨汁饺子、墨汁饼、墨汁海鲜饭……老家人显然深谙墨汁的妙处。墨汁一点染，再是普通的小吃，也带上东海磅礴的气息，带上故乡风起潮涌的鲜味。

我最爱的墨汁小吃是墨色流沙包，这黑脸包子有扑面而来的江湖气息。"流沙"二字，带着动感，咬开松软细腻的黑皮，金色的咸蛋黄馅如流沙，似在流动，如同火山口的岩浆，仿佛下一刻就要喷发。浓郁的奶香，沙沙的口感。松软筋道的面皮上，有

龙宴的黑珍珠，龙宴有不少"暗黑系"美食

淡淡的鲜香，甜咸交融，是春江月夜，是海潮初起。

美食要有美名，这样才两两相宜。正如"碧血剑"是英雄主义和浪漫主义，而"黑血剑"就只剩下血腥和恐怖。一只流沙包，以"墨色"作前缀，写实又写意。

在网上也下单过几次黑金流沙包，黑色的外皮上几抹金帛，卖相很美，只可惜，是用食用植物炭黑粉上的色。而海边人家的墨色流沙包，是以原味墨鱼汁和的面。美食的滋味，差一分，乾坤大不同。

墨鱼仔(叶文龙/供图)

海鲜炖酒，越吃越有

一

郁达夫大约是个吃货。在《故都的秋》中，他一口气用了六种食物，将南国之秋与故都北平的秋作对比，"正像是黄酒之与白干，稀饭之与馍馍，鲈鱼之与大蟹，黄犬之与骆驼"。黄酒的醇厚与白酒的浓烈，是两种不同的风味，正如南方秋之清淡与北国秋之浓烈。

黄酒属婉约派，白酒属激进派。在老家，黄酒、红糖与姜汁是祖传的三大养生法宝。通常，黄酒作为引子，用来蒸煮食材，以激发出食物天然的鲜美，并使之具备活血的功能；白酒则用来浸泡各种药材，是谓药酒。我有一土豪朋友，对药酒的功效深信不疑，别墅地下室排着一溜儿的大玻璃瓶，瓶里装着白酒，泡着鹿茸、蛤蚧、当归、海马、虫草、人参、黄精……我第一次去，还以为进了地下中药铺。他早晚必饮一杯药酒，常补得两眼通红，如《水浒传》中的"火眼狻猊"。

食补就温和多了。鸡子酒最常见，打几个土鸡蛋，加红糖、黄酒，不加水，直接放锅里炖。鸡蛋不必全熟，六七分即可，鲜嫩如果冻，江南人称之为"糖潽蛋"。黄酒的醇香渗透到鸡蛋中，鸡蛋带着两三分酒意。

除了四季的鸡子酒，七月半有豇豆酒，秋天有芝麻核桃酒。冬天有蜜汁黑枣酒，别人拣黑枣吃，我一勺一勺舀酒汁喝，果子露一般好喝。

海边的补酒更是花样百出，有青蟹酒、血蚶酒、黄鱼酒、鳗鱼酒……名字一目了然，用什么食材就是什么酒，有粗糙的直男风。

海边人的生活离不开酒。出海前，先喝老酒补力，可以是黑枣酒、红糖酒、芝麻核桃酒，也可以是鳗鱼酒、青蟹酒，讲究些的，要喝鱼胶全鸡酒或鱼胶猪肉酒。渔船归家，自然也是老酒相迎。天寒地冻，更离不了老酒，酒可御寒，渔家人称之为"老酒当棉袄"。

二

青蟹酒单独写过，在此不表。

除了青蟹酒，老家还有田蟹酒。在敝乡，稻田里的蟹叫田蟹，湖里长大的蟹也叫田蟹，甚至尊贵无比的大闸蟹，也叫田蟹。

田蟹酒的全称是红糖老酒炖田蟹。秋风里，剥一只田蟹，喝两盏黄酒，醉眼看到的世界，总觉得比清醒时要美上几分。元代诗人许有壬有诗："老子恰知秋，风露一庭清夜。潇洒、潇洒，高卧碧纱窗下。"秋风来时，喝着田蟹酒，潇洒、潇洒，高卧碧纱窗下。秋风与黄花，海鲜与黄酒，良辰与美景，都不可辜负。

血蚶酒是血蚶加黄酒炖成的。血蚶，又名泥蚶、花蚶，壳厚且坚固，表面有沟壑，如旧时屋顶的瓦楞。每年小寒时节至正月，血蚶最为肥美。水烧滚后，血蚶烫几秒，马上起锅，蚶壳微张，肉色细嫩，带着血一样的分泌液，故称之为血蚶。

老家人认为血蚶是滋补之物。天气越冷，血蚶越鲜甜，天越热，味越劣。血蚶熟后配酒喝，简直快乐到升天，古人称之为"天脔炙"——这是神仙才有的享受啊！

血蚶配黄酒，在我老家是标配。汪曾祺也好这一口，不过吃法不同："我吃泥蚶，正是不加任何佐料，剥开壳就进嘴的。我吃菜不多，每样只是夹几块尝尝味道，吃泥蚶则胃口大开，一大盘泥蚶叫我一个人吃了一小半，面前蚶壳堆成一座小丘，意犹未尽。吃泥蚶，饮热黄酒，人生难得。"

家乡的血蚶酒，是另一种做法。将血蚶放进滚热的黄酒里，撒点姜丝，稍微一烫，血蚶就张开六七指，这样的血蚶最鲜嫩。剥开后，里面血红。按照古人以形补形的说法，血蚶有补血润肺之功效。吃完鲜嫩的血蚶，剩下的黄酒自然也要一饮而尽。按老家人的说法，"力道"全都在酒里面。

三

玉环海边有明炉望潮，底汤就是五年陈的花雕酒和水。大火烧开，加姜片、葱段、枸杞，放盐、白糖，提鲜调味，再加点红糖。把整只望潮扔进酒水中，烫一分钟即可。烧好后，一人一盅，望潮如雏菊，在酒中绽放。黄酒香甜，望潮鲜嫩，真是至味。

温岭的渔村，如石塘、箬山，有各种海鲜酒。箬山美食，以"一龟一粽，两汤三面，三圆四粉，四羹五酒"著称，其中光酒就有五样，黄鱼酒、鳗鱼酒、鸡子酒、糯米酒、黑枣酒。"五酒"中的糯米酒是另类，它并非糯米酿成的米酒，而是一种带酒香的糯米饭。把糯米、鸡蛋、黑枣、红糖、猪肉、黄酒，放在薄樽头里，用文火慢慢炖熟。饭熟后，鲜香扑鼻，带着酒香。

箬山的黄鱼酒很出名，小黄鱼加黄酒炖成的。也有用大黄鱼炖的。天寒地冻之时，小黄鱼肉质肥美，鲜嫩无比。刨去鱼鳞，揭开鳃盖，把鱼鳃连同鱼肠一把扯出。三四条小黄鱼放入碗中，加黄酒、姜丝和红糖炖熟，鱼肉嫩得含在口中就化了，而红糖早已融入黄酒中。带着海鲜味的黄酒，不温、不火、不涩，更不会上头。

除了黄鱼酒，海边还有红糖老酒炖梅童。大头梅童长得跟小黄鱼有几分相似，个头小巧，头很大，肉质极为鲜嫩。故乡有渔谚，"正月雪里梅"，这梅，不是指傲雪的梅花，而是专指梅童鱼。红糖老酒炖梅童，做法同黄鱼酒。炖好后，有千回百转的鲜甜。

鳗鱼酒更有力道。鳗鱼酒是以鳗鱼加黄酒炖熟。小网网来的海鳗，跟小网带鱼一样，味道格外肥美。选三四两左右的海鳗，洗去黏液，直接放酒里炖。酒味渗入丰腴肥嫩的肉身，肥鳗渗出的油脂渗入到酒中，你中有我，我中有你。酒有油香而无油腻，黄酒去除了海鳗的腥气和妖气，肉味更加鲜香。

黄酒炖沙蒜是谓大补。沙蒜即海葵，老家人认为沙蒜壮阳功夫最好。有句话说，没有在深夜里哭泣过的人，不足以谈人生。没有吃过沙蒜炖酒的人，不足以谈"鲜"字。

海鲜酒中，最贵的是鱼胶炖酒。有用鮸鱼胶的，也有用黄鱼胶的。鱼胶鹿茸酒炖蛋是海鲜酒中的头牌，身份最是尊贵。

大黄鱼炖酒(叶文龙/供图)

四

　　万物有时，此其谓也。在家乡，什么季节吃什么海鲜，都有讲头，什么季节喝什么海鲜酒，也有讲头。春秋季的望潮味道最好，要吃望潮炖酒。八九月的白蟹，十一二月的红膏蟹，白露时的带鱼，寒露后的鳗鱼，要么一身肥膏，要么一身厚肉，炖酒最适宜。农历十二月的小黄鱼，正月里的梅童鱼，炖黄酒，味道超好。小寒大寒，血蚶肥美，宜炖血蚶酒。

　　冬季，是各种海鲜酒的高光时刻，小雪清肠，大雪进补。南方阴冷而漫长的冬季，需要温热的黄酒来驱赶寒气，黄鱼酒、鳗鱼酒、血蚶酒……轮番上场。黄鱼、鳗鱼、青蟹、沙蒜、血蚶，本就是海中至鲜之物，有黄酒加持，酒香随着热气弥漫开来，那是烟火人间最温暖的慰藉，能勾起游子大海般浩大的乡愁。

　　海鲜炖酒，越吃越有。有的东西，吃一口仿佛成仙，有的东西，吃一口仿佛成妖。海鲜酒，让你在仙与妖之间切换。

潘伟俊/供图

叁

咸腌糟醉

糟鱼生，溇芝麻，蟹酱卤，节夹花

糟鱼生

春天里的繁花，一树一树开。玉兰花开得高昂，有女将风范；樱花开得迷离，是文艺小清新；桃花一脸羞涩，却也直白坦率；唯有河边杨柳，娴雅静默，垂下绿色长丝。在老家，腌制后略带"膅脓臭"的鱼生，被称为"带柳丝""咸带柳""带柳"，因为其细长如柳丝。比起温州人所说的"白带生""白带丝"，显然更有诗意。

"糟鱼生，溇芝麻，蟹酱卤，节夹花"，是老家的美食谚语，指的是过去餐桌上常露面的四样咸货。

在美食界，鱼生通常指生鱼片，也就是孔子"食不厌精，脍不厌细"中的脍。生食鱼片，隋唐时就流行。鱼不拘大小，鲜活为上。去掉头尾，用快刀切成雪白的一片片，摊于纸上，晾上片刻，擦净水，堆在金盘玉碗上，便可大快朵颐。

而在浙东，鱼生专指重盐腌制、酒糟糟过的小鱼。老家还有一句俗语，"鱼生鲞头，水桶拗兜"，鱼生与鲞头都是极咸的下饭小菜，水桶与拗兜都是盛水的器具，意谓同一回事。

老家的鱼生，大多是用一种体形很小的带鱼腌制的。这种小带鱼又叫"小白带"（小白大），台州人一般称为"条子"，新鲜的条子披云镂雪，玉白可爱。变质腐烂后，看上去脏乎乎、臭烘烘、糊糟糟。在家乡，如果一个人不修边幅，邋里邋遢，人家就会叫他"烂白大"。白大价钿便宜，在家乡，它的出路只有两种：晒鲞头或腌制。

腌制鱼生的小带鱼，也有讲究。太小太细，不堪腌制；太大，骨头变硬，吃起来，口感不好。东海是温带海域，三月春江水暖，细小带鱼开始向浅海处游动。此时的小带鱼条子因是幼齿，身软不经腌，一腌就化为卤水。到了四月上中旬，小带鱼不大不小，条子细而均匀，最宜腌制。

出海的渔船都备有木桶和食盐。为了保鲜，小白带打捞上后，现场作业，就地盐腌。两三天后，沥掉水分，加上慢火煮好的糯米粥、红曲、糖等，拌上盐，再加少许白酒，放在坛里密封，在阴凉处发酵，过三个月即成。腌好的鱼生，鱼腥味浓烈呛人，色泽艳红，如抹上胭脂，现出桃花红晕。

鱼生有个贵气的名字,叫"金钩玉带"(叶文龙/供图)

过去在渔村，节俭的主妇，年年都会自腌鱼生，或自吃，或送人。我第一次吃鱼生时，鱼生一入嘴，鲖得说不出话，现在是越吃越喜欢。

鱼生极咸。三伏一到，胃口不开，鱼生是塞饭榔头中的战斗机。吃时，加点菜头丝（萝卜丝），可以增加清鲜的口感。加点醋和白糖，能调和鱼生的咸腥味。

夏日炎炎，鱼生不但是下饭利器，还是保命利器。鱼生吃完了，腌鱼生的卤水也舍不得倒掉。炒冬瓜、炒白萝卜丝、炖萝卜块时，加点卤水，提鲜又增味。

喝酒的时候，不能吃鱼生卤，否则会烧心泛酸。家乡谚语，"自作自受，鱼生卤过酒"，指的是自食苦果。

老家人口味重。有几次，参加聚会，酒足菜饱后，席间大腹便便的土豪，一边嘬着牙花子，一边招呼服务员，来点鱼生、豆腐乳！鱼生、豆腐乳一上来，一碗饭，风卷残云般很快落肚。对于某些人来说，没有鱼生的大餐最难将息。他们甚至拿茅台、拉菲来配鱼生，把我看傻眼了。

糟鱼生是黑暗料理，一根根细小的红条子，如布条缠绕一起，吃起来，黏黏糊糊，软软塌塌。但它有一个贵气的名字，叫"金钩玉带"。金钩是兵器，形似剑而曲。小带鱼的身形，的确与金钩有几分相似。

早时，还有鱼生罐头。曾经有人将一罐鱼生送给国学大师南怀瑾先生，南怀瑾把这罐鱼生转赠给在台湾的同乡、新闻界元老马星野。马星野见到鱼生，勾起思乡之情，"眼前点点思亲泪，欲试鱼生未忍尝。"看到鱼生，想起山河故人，一时间，忍不住落泪。

溇芝麻

溇芝麻比起糟鱼生，知道的人就少多了。

溇芝麻是海生贝壳，薄壳扁圆。它生长在潮间带至浅海泥里。两片粗砺薄壳，包裹住雪白胴体，大小类似香榧，外形有点像蛤蜊，又有点像缩小版的蛏子。溇芝麻跟蛏子一样是邋遢鬼，

溇芝麻

在滩涂里滚得一身烂泥，肉不及蛏肉饱满鲜甜。

人们对蛏子高看一眼，对溇芝麻却颇为轻视。福建一带，称之为懒绩麻。《土物小识》有记，"壳灰白色，合口处有黑色，肉有麻丝状。闽中称懒绩麻，俗呼为懒芝麻"。《海族志》说它"形似蛤蜊而白，合口处色黑，俗呼为懒绩麻"。绩麻的意思是把麻搓成线。家乡人则称为"烂芝麻""溇芝麻"，因为它灰白的薄壳上，常有黑芝麻般的黑点，壳又薄脆，清洗和翻炒时易碎，故称。清洗后，养在水里，跟蛤蜊一样，会伸出舌头吐水玩。而称之为溇芝麻，是因为它在鲜食之外，经常用盐腌制后食用。"溇"的意思就是用盐或其他调味品拌渍。

溇芝麻是很好的下酒菜。过去，几分钱就能买上几斤，用葱蒜快炒，拿来当过酒坯。夏至到处暑，溇芝麻旺发，量最大，味道最是清鲜，只是壳薄肉少，吃不过瘾。也因为不过瘾，越吃越想吃。会当家的主妇，加豆瓣酱炒，用来过稀饭，稀里呼噜能干好几碗饭。溇芝麻还是海边孩子的零食，大人买来一堆，加几根姜丝，加点盐，放水中一余。待溇芝麻的两片薄壳一开，赶紧用笊篱捞上来，盛在搪瓷碗里，端一盆到门口，孩子们窸窸窣窣可以吃上半天，就没空缠着大人了。在海边，孩子们的零嘴是螺蛳、溇芝麻、虾干、虾蛄干。

溇芝麻还能晒成干货。海边人挖到一大麻袋的溇芝麻，洗净，摊在大太阳底下晒干，用碾子碾碎薄壳，捡出肉干，就是鲜香的溇芝麻干，如蛏干、虾干、蛤蜊干一般。下面条、放汤，都是极好的。

溇芝麻盐腌最常见，老家人称为溇芝麻壳，听上去像"烂脚麻壳"。溇芝麻洗净以后，用高浓度的盐水和白酒腌制，薄壳里的一点白肉，被烈酒和浓盐一刺激，蜷缩成小结，咸鲜入味。

过去，老家温岭海边的溇芝麻很多，随便一挖，就是一麻袋。溇芝麻最多的，是三门。三门滩涂广阔，淤泥肥厚，是各种小海鲜的天堂。早些年，溇芝麻在滩涂上密密麻麻，到了酷热的夏天，满地都是。三门溇芝麻分布面积之广、密度之高、数量之多，居全省首位。尤其是浦坝港的溇芝麻，密度比杭州湾、乐清湾的高出一千多倍。

物多则贱，老家人看不上溇芝麻，说肉这么一丁点，吃起来费时巴拉的，拿去喂猪、喂鸭、喂鱼、喂虾。吃溇芝麻长大的虾兵蟹将，肉质格外鲜甜。鸭子也好这一口，溇芝麻的大名就叫渤海鸭嘴蛤，台湾同胞称"船形薄壳蛤"，煞是形象。早年溇芝麻太多了，除了当饲料，海边人甚至拿来沤肥。

现在，溇芝麻已很少露脸。我也有好多年没见到溇芝麻了，或许，某一天，它只活在我们这一代人的记忆中。

蟹酱卤

山里有豆瓣酱，海边有虾虮酱，还有蟹酱卤。

海边人家拿肥壮的膏蟹做呛蟹，挑剩下的瘦蟹、小蟹和滩涂上荸荠大小的蟛蜞、沙蟹，用小捣臼捣碎，加重盐和白酒，腌成蟹酱。捣碎的蟹酱，更能吸收烈酒和海盐的气味，既咸又鲜。浙东有一句乡谚，"捣蟹酱，念弥陀"，海边的老妇一边使劲捣着蟹酱，一边惜它是条命，不停念着阿弥陀佛替它超生。很有喜感。

也有整只腌制的。小沙蟹洗净后，一只只放入坛子，加入盐、糖、白酒醉泡，再添红酒糟、白糖等。短则三天，长则七天，入味后，即可食用。

腌好的沙蟹，肉还不够塞牙缝，但壳上咸鲜的味道，可吮吸，可下饭。吮一口，鲜味如海浪排山倒海而来，能顺着鼻子里面的神经，直接爬到大脑神经末梢。我吃过蟹酱，死咸死咸，入嘴那一刻，就像游泳时呛了一口海水。

浙东有歇后语，"蟹糊倒进糟鱼鬏——一笔糊涂账"。蟹糊蟹酱倒进糟鱼鬏里，糊与糟混在一起，分不清谁是谁了。

除了沙蟹、蟛蜞，红钳蟹也可以拿来捣蟹酱。红钳蟹比蟛蜞、沙蟹档次略高，因为它有红艳艳的大钳。捣蟹酱之前，大钳子要先掰下来，只是敲碎外壳，不入捣臼。小蟹一股脑儿倒入石

181

臼，三下五除二，捣成糊状。捣好之后，把敲裂了的红钳蟹大螯，扔进大瓮小埕一同腌制。

渔家饭菜简单，烧饭时，从罐子里舀出几勺蟹酱，搁在饭架上蒸熟，就是一碟下饭菜。红钳蟹则被大人单挑出来，分给孩子，一人一个。孩子们拿着蟹钳，慢慢吮吸，吸一次，干一口饭。

父亲说，爷爷节俭成性，在世时，家里常吃蟹酱卤。爷爷的口头禅是，桌上无碗菜，筷子伸不开。糟鱼生，蒌芝麻，蟹酱卤，节夹花，这些腌渍的小菜也都算菜，一年吃到头。因此，咸鲜味成了父亲味蕾上的童年滋味。

爷爷曾是方圆十里有名的地主，虽是地主，但常年下田。父亲说他是周边几个村庄的名人。之所以出名，有三点，一是非常勤劳，二是非常节俭，三是培养出两个大学生。爷爷在我出生前就去世了。我只见过爷爷的照片，一个清瘦和蔼的小老头。我很难把他与电影中戴着瓜皮帽、脑满肠肥的地主挂上钩。

父亲说，那时家里的蟹酱卤多是用沙蟹做的。沙蟹在老家不值钱。开春，爷爷去温岭街买上十几斤沙蟹，做成蟹酱，就够吃一年了。做蟹酱时，把一斤沙蟹捣碎，加上三两左右的盐。这样重盐腌制的蟹酱，有一种凌厉的、不加掩饰的咸，但很能下饭。爷爷终生辛劳，克勤克俭，在二十世纪四五十年代，把两个儿子送进大学——一个读复旦，一个读山大（山东大学）。乡里人说，他的蟹酱卤，吃得值。

蟹酱卤是好下饭，也是好调味。水煮的洋芋和毛芋，未免寡淡，蘸点蟹酱卤，味蕾上就有万种风情。

节夹花

"糟鱼生，溇芝麻，蟹酱卤，节夹花"，最后一种是节夹花，我在《江南草木记》里专门写过这种花。

节夹花是一种植物，每一节开的都是小白花，叶子如柳叶，呈锯齿状，长得粗里粗气。它其实就是开白花的凤仙花，花朵分布在粗壮的花茎间。还有种开红花的凤仙花，小时候我常拿它的

觅菜股(叶文龙/供图)

花瓣涂指甲。

把白色凤仙花的粗花梗，切成一段段，放热水里余过。捞出后，在水里反复浸泡，以去除毒素。浸泡干净后，放入坛子，盐腌数日，即可食用，用来下饭，最是相宜。腌过头的话，变成暗绿，一咬，茎软汁咸，咸味与臭味一下子在口中迸开来。老家人管这种开胃的腌菜叫"花梗股"。

节夹花的花梗腌久了，有股子浓烈的馊腐味，即老家所说的"膇脓臭"。

在老家，用茎腌制的咸菜，还有两种，一种叫"苋菜股"，用苋菜茎腌成，一种叫"菜蒂头"，用的是芥菜。苋菜股的味道比节夹花要好，吃起来清口，不过容易长虫。老人们不在乎，照吃不误，说，吃根虫，健如龙！

菜蒂头味道最好，是用芥菜的梗与茎腌制的，一般是腌在瓿头里。腌的时候，瓿头要隔绝空气，否则菜蒂头容易长白毛，长了白毛后，就容易霉臭。腌好后，颜色黄中带点绿，很爽脆，也很清口，带点开胃的酸，非常好吃。菜蒂头可以连皮吃，如果碰到太老太粗的菜蒂头，吃时要用牙啃去外面的一层皮，如同啃甘蔗皮。

父亲腌得一手好菜，他腌的菜蒂头很好吃。家里的瓿头腌过菜蒂头，腌过榨菜，腌过辣包菜，腌过白萝卜。我最爱菜蒂头，小时候嘴馋，常跑到厨房偷菜蒂头吃。节夹花、菜蒂头、腌萝卜，都是咸咸酸酸的，也有辣的，辣包菜、榨菜。

老家的各种腌菜中，雪菜也很常见。过去穷苦人家吃不起海鲜，日日咸菜不离桌。为了安慰自己，把咸菜取名"山螃蟹""菜头鳌"，春笋则称之为"山头黄鱼"，听上去好像是海鲜的平替。

父亲说，每年秋天，爷爷都会在地里种上一二亩雪里蕻，到来年春耕时割来晾干，腌在一米多高的咸菜缸里，一腌就是一两缸。腌时，爷爷让姑姑在一边看，父亲和伯父赤脚站在大缸里，使劲踩踏雪里蕻，边踩边撒上粗盐。踩好后，再用溪坑里的大石头压在雪里蕻的上面。有时候，也腌节夹花，不过，腌的就没那么多了。

腌好的咸菜要吃一整年。爷爷家里的主菜通常是三样，咸菜、蟹酱和鱼生。夏天时，吃节夹花秆、苋菜股，秋天时，吃腌好的溇芝麻。逢四逢九市日时，爷爷也会买点炊皮、河虾或鲫鱼，一斤吃一市（五天），吃到下次集市时再买。

父亲年事已高，喜欢忆旧。一跟我提起爷爷，就要念叨起"糟鱼生，溇芝麻，蟹酱卤，节夹花"。

父亲自小生活在东海边，母亲则在西子湖畔长大。父亲是地主家的小儿子，二十多岁就去山东大学读书，毕业后分在中国科学院，母亲是杭州城里的大小姐，家境优渥，二十世纪三四十年代家里就有用人，出入有轿车。母亲杭州大学毕业后，分到温州师范学校（温州大学的前身）。在大时代的浪潮中，因为家庭成分不好，父亲和母亲分别从北京和温州被发配到浙南云和，拨乱反正后，被调回老家温岭。退休后，父亲和母亲回到杭州养老。

在杭州，父亲经常念叨老家的食物。什么是乡愁？鱼生是一种，溇芝麻，蟹酱卤，节夹花，也是。

过酒墨鱼鲞，下饭龙头鮳

一

万物皆可腌。蔬菜可腌，肉可腌，鱼可腌。天下腌货，糟醉咸鲜，酱霉臭卤，各有各味。这回只说干货。

山里多腌肉。湘西的烟熏腊肉、宣威和金华的火腿，是典型的南方风物。我尤爱用松针熏出的腊肉，那种烟熏味混合草木辛香的味道，会把人带入莽莽山林之中。

海边多腌鱼。借助阳光、海风和时间，各种新鲜鱼获摇身一变，成为咸鲜海味。除了螃蟹等少数死硬分子无法变成干货，别的海鲜，都能通过晒、晾、风、烤——放阳光下晒干、挂长绳上晾干、在海风中吹干、架火上烤干，完成由湿到干的转变。

我打小吃惯海货干制品，味蕾中满是咸鲜的记忆。海货干制品，分鲞、干、鲓。鲞的块头最大，在阳光下赤诚相见，晒干水分后，露出一身紧致的肌肉，有黄鱼鲞、鳓鱼鲞、乌狼（河鲀）鲞、墨鱼鲞、鲨鱼鲞、鳗鱼鲞等。干有弹糊干、虾干、泥鳅干、鱼片干、鲨肉干。鲓有龙头鲓、梅子鲓、白带鲓、黄鲫鲓、杂鱼鲓……

螺呀贝呀这些小可爱，也能变成干货，如干贝、蛏干、海白、带子、贻贝、瑶柱、生蚝干、海蛎干……海白是蛤蜊的一种，因外表白色而得名，至于带子，并不是用来捆绑东西的绳子，是一种极鲜的贝类。

二

鱼之鲜美者为鲞。鲞字颇有来头，据说，当年吴王阖闾出海驱逐夷人，风大浪急，军粮断绝，幸得东海有鱼。凯旋后，臣子献上鱼干，吴王以"鱼"置于"美"下，而作"鲞"字。鲞就是美好的鱼干。李时珍则说，鲞能养人，故字从养。

从前交通不便，保鲜手段推板。离海五十里之外，很难吃到鲜货，故以鱼鲞保存。南宋定都临安，比起定都中原的北宋，离海近多了，于是临安城里有了北宋少见的各种海味，有鲜货，也有干货。鱼鲞中有黄鱼鲞、望春、春皮、片鳓、鳓鲞、鳖鲞、鳗条弯鲞、带鲞、短鲞、鲭鱼鲞、老鸦鱼鲞等，大多是从浙东沿海的宁波、台州、温州运来的。当时，临安城内外的鲞铺有一二百家，除了卖鲞干，还卖鲜货和腌糟海味，有酒江瑶、酒香螺、酒蛎、酒垅子、望潮卤虾、酱蜜丁。南宋朱熹六上奏章，发誓要扳倒台州市市长唐仲友，他弹劾唐市长的一干罪名中，就有一条：私卖鱼鲞，与民争利。

清代实行海禁以后，海鲜就少多了。即便钟鸣鼎食之家的贾府，也鲜见海货，只在乌进孝进献的年礼中，有几样干货——海参、蛏干、干虾，有人还为此专门写了篇文章，《从〈红楼梦〉里缺海鲜看清朝迁界禁海》，这个研究角度真是刁钻。

说到干货，家乡鱼鲞名头很响，头牌便是黄鱼鲞。明嘉靖《太平县志》载，"永乐年间，松门制鲞业益盛，南北渔船、客商皆云集交易。尤以黄鱼鲞、乌贼鲞、虾米、海蜇、腌泥螺、银鱼等品质最优，指为宫廷贡品"。六百多年前，台州松门的黄鱼鲞、乌贼鲞、虾米等干货，就是优质贡品，沿着浙东运河，源源不断送入皇城。宫廷里的御膳房，时不时飘来东海的鱼鲞味。

三

海边渔村，有什么晒什么。黄鱼汛时，晒黄鱼鲞，墨鱼丰收时，晒墨鱼鲞。用剪刀剪破墨鱼，取出眼乌珠，剥去内脏中的硬鞘和胃囊，放出墨汁。也有不掏净内脏，连墨鱼蛋与墨鱼囊一同腌制的。

晒干的墨鱼鲞，灰头土脸，敝乡称为"明脯鲞"，所谓的"明脯"，按《本草纲目》的说法，盐干者为明鲞，淡干者为脯鲞，合称为明脯。墨鱼鲞有夏鲞、冬鲞之分，冬鲞肉厚味佳，甚于夏鲞。

墨鱼鲞背上有白白的一层霜，如霜冷长天，如霜降大地。不是海边的人，还以为是发了霉。有一次我请一位外地作家吃饭，她吃了墨鱼鲞烧五花肉后，大为叫好。墨鱼鲞鲜而韧，猪肉肥而软，她说从未吃过这么好吃的鱼鲞。回去后，我给她寄了几条墨鱼鲞，她收到后，好是惋惜，说墨鱼鲞没保存好，发霉了。她把墨鱼薄霜样的盐花当成变质发霉，真是扫兴。

鱿鱼干跟墨鱼干一样，身上也有薄霜。小时候常吃的一种零食叫鱿鱼丝，春游时带上一包，一路走，一路嚼着吃，再远的路也不乏味。鱿鱼丝是把鱿鱼干在炭火中烤软，用一根小木棒，一下接一下，反复敲打成的。好的鱿鱼干，才能敲出美味的鱿鱼丝。

我老家还有乌狼鲞，是用老毒物河鲀晒制成的。清明时节，河鲀旺发，把河鲀从背部剖开，去除身上所有毒物，反复清洗，抹上海盐，在大太阳下晒干，晒个十天半月，让阳光吸走它身上的水分。晒干后的河鲀，如秋山枯树，显得黯淡而简素。汪曾祺

墨鱼干（叶文龙/供图）

曾风趣地说，去毒后的河鲀，为"洁本《金瓶梅》"。

　　干瘪的乌狼鲞与猪肉同烧，灵魂立马复活，鲜香扑鼻。每次吃到乌狼鲞，我都会不由自主想起法国作家杜拉斯《情人》中的开篇词："与你那时的面貌相比，我更爱你现在备受摧残的面容。"

191

樲鲜的浓汤乌狼鲞

有一次，与上海美食作家沈嘉禄一同赴宴槲鲜，沈老师一见到乌狼鲞，两眼放光，赞不绝口，吃了后，还念叨了好久。他说："唯有乌狼鲞丝丝缕缕地让牙齿感到轻微的抵抗，并在咀嚼中释放野性十足的鲜，这才是乌狼鲞应有的风骨！"乌狼鲞算是遇到蓝颜知己了。

鲳鱼干的味道也很好。幼小的鲳鱼，如一片枫树叶，舟山人索性就叫它"枫树叶"。小鲳鱼因为太小太轻，风稍微大一些，晒在高处的小鲳鱼，如落叶一样被吹飞。如果刚好有人经过，没准会落到头上。舟山人以"枫树叶跌落怕头敲开"比喻胆小怕事的人，委实形象。

黄呼鱼是东海鱼族中的丑八怪，竟然也有人将它腌成干货。样子惊悚，如鬼面罗刹，挂在门口，没准还能起个镇宅保平安的作用。

四

鲞通常都是指块头大的海鲜干货。而干与鳞，以小海鲜居多。鱼干中，有泥鳅干、弹糊干、蛏干、虾干、蛤肉干等，在老家，最出名的是虾干和弹糊干，弹糊干是放在火上烤出来的。弹糊就是弹涂。弹涂家族里还有七鲶，弹胡郎、阔口等，味道皆美。清代聂璜在《海错图》中，曾大赞台州弹糊干的鲜美。

弹涂头大眼小，性子活泼，喜欢跳跃觅食，又称跳跳鱼。因为运动量大，肉质十分细腻。三门滩涂上，渔民把一根长竹竿，抛得远远的，就能钓上弹涂，简直就是一门绝技，申请非遗不在话下。

弹糊干既非晒干，也非晾干，而是用竹签、芦苇或铁丝，把弹涂穿成一串串，就像串羊肉串，架在稻草、松针上烤。烤到七八成熟时，弹涂身子收缩，再用菜刀把它压扁，使其两边开裂，再放火上略加烤制，或直接放到阳光下晒干。弹糊干是海边人家的过酒坯，烧汤、下面，放几条调味，妙不可言。

海虾丰收时，放太阳底下晒成虾干。太阳猛的话，一天就晒好了。有时我也会买几斤活虾回来，直接放烘箱里烘干。虾干可以空口吃。晚上看书时，剥几只当宵夜。放微波炉里"叮"半分钟，拿出来，肉微紧。老酒鬼拿出来当下酒坯，很有嚼头。我一个人在家时，图方便，只烧西红柿面。快烧好时，扔几只虾干进去，活色生鲜，面汤能喝得不剩一滴。

鲞头中，有梅子鲞、白带鲞、黄鲫鲞、鳗鱼鲞、龙头鲞、杂鱼鲞。龙头鲞最是常见，有咸腌和淡晒两种。咸腌是用盐腌渍后，放在竹席或竹匾上晒干，咸腌的龙头鲞可当压饭榔头。淡晒是把新鲜水潺的大嘴巴用草绳串起来，挂在通风处晾晒风干，称"风潺鲞"，吃时用油煎一下，喷香！

鲞头，是海边人家下饭、下酒的必备之物，也是孩子的零食。土灶烧饭，蒸架放上鲞或鲓，饭熟，鲞香鲓头熟，就是一道很好的下饭菜。

好鱼才能晒出好鲞。海边人常挂口中的一句话是，"破网难遮太阳，臭鱼难晒好鲞"，所言极是。

在老家，"过酒墨鱼鲞，下饭龙头鲓"是日常，更高级的则是"过酒鳗鱼鲞，下饭黄鱼鲞"。鱼鲞，深沉浓郁，有历经沧桑却历久弥新的咸香。吃惯了鱼鲞，有一段时间吃不到这种咸鲜味，会想得慌。有时念着这一口咸香，我会驱车几百里回趟老家。鱼鲞与地域联系在一起，就有了乡愁的维度。乡愁总是与距离有关。

当年孔老夫子教书，收的学费是几条肉干。孔夫子说：肉干实在好吃啊。如果有人能送十条肉干给我，我一定收他做学生。哈哈，如果孔老夫子吃了我家乡的鱼鲞、鱼干，定会收送鱼鲞、鱼干的人当关门弟子。

黄鱼鲞

一

鲞有几十种，老家台州的黄鱼鲞名头最响，值得为它单独立传。

家乡海域盛产黄鱼，明代人文地理学家王士性是个"台州吹"。他自豪地说，老家台州"海物尚多错聚"，黄鱼汛来时，黄鱼排山倒海而至。清代聂璜在《海错图》里也说，黄鱼，"闽之官井洋，浙之楚门、松门等处多聚"。东海多黄鱼，台州大陈、松门、楚门一带的黄鱼，更是上品。

黄鱼春月生子，声如群蛙。老渔民把耳朵贴在甲板上，或以竹筒测听，听到"咕咕咕"的声音，犹如海妖的歌声。一网撒下去，金闪闪一片。老道的渔民通过听声，就能分辨出黄鱼是头朝

黄鱼(叶文龙/供图)

下还是朝上，如果头向上，赶紧用大网两头收合；若头向下，鱼会从水底逃逸而去。

黄鱼的高光时刻，是在秋冬，色金黄，肉细腻。老家人常说，"一条鱼，顶桌菜"，这鱼就是黄鱼，而非鲍鱼、石斑鱼之类。黄鱼身份尊贵，被视为理所当然的压席菜。我老家的婚宴寿宴上，黄鱼是标配。若没有金灿灿的大黄鱼出道，菜的成色就不足，主人就会面子无光。

早些年，一到黄鱼丰收季，海边人家忙着晒鲞。剖开新鲜大黄鱼，取出鱼胶，洗净内脏，再用盐腌渍。腌渍两三日后，放大太阳底下晒，状如风筝。

鱼胶金贵，另存他用。黄鱼耳朵里的耳石，莹白如玉，攒够一堆，猜拳喝酒，是计数的酒筹。

阳光，是一剂封存美味的良方。黄鱼鲞晒干后，灰白中带淡黄与淡青，以灰白为多，故名"白鲞"。白鲞中，又以松门产的

白鲞以松门产的最为出名(叶文龙/供图)

最佳，称"松门白鲞"。松门白鲞颇得吃货袁枚的青睐，在《随园食单》里单独记了一笔："出台州松门者为佳。"

夏秋都可以晒鲞，但以三伏天最好。太阳越猛，晒出来的鲞，品质越高。伏鲞的价格，远高于早夏、秋白。

晒好的白鲞，外层用竹箅装好，里面用稻草密封起来；或者藏于谷仓或麦柜里，经久不坏，可收藏几十年，比火腿的保存时间更长，肉质紧韧鲜香。

二

黄鱼鲞又称"郎君鲞"，是送礼佳品。宋末元初书画大家赵孟頫的夫人管道升孝敬婶婶的礼单中，就有二十条郎君鲞。

端午中秋，在我老家，女婿送岳家的礼物，少不了黄鱼鲞，以至老家有这样的谚语，"壅稻田要用猪栏河泥，哄小人要糖梗荸荠，敬大人要人参高丽，送老丈姆要白鲞猪蹄，过冷粥要咸菜炊皮"——肥田要用猪粪河泥，哄小孩要用甘蔗荸荠，孝敬大人要用高丽参，送丈母娘要用白鲞和猪蹄，过稀饭要用咸菜和炊皮。

黄鱼鲞送谁都合适，但也有例外。"念佛送鲞——好省勿省"，念佛者通常吃素，送上荤腥的鱼鲞，岂不破了他的戒律？这是讽刺那些没头脑瞎办事的人。老话说，"鸡来送米，虾来递

捕捞黄鱼(潘侃俊/供图)

泥。"送东西也得看人身份，你给念佛者送去他忌食的鱼鲞，岂不是自讨没趣？

明末文学大家张岱爱吃鲞，写过一首《松门白鲞》："石首传天下，松门独擅场。以酥留作味，夺臭使为香。皮断胶能续，鳞全雪不僵。如来曾有誓，僧病亦教尝。"石首是黄鱼的另一个名字。意思是大黄鱼名扬天下，以松门出产的为佳。晒干后变成白鲞。风味绝佳。出家人不能沾腥荤，但僧人病了，胃口不开，来点黄鱼鲞，这也算不得破戒吧。

这么说来，送几条黄鱼鲞给念佛者，也不算罪过了。

三

能生吃的鱼鲞不多，黄鱼鲞是例外。黄鱼鲞生吃，很有嚼劲，这一点是它的可贵之处。小时候嘴馋，我还偷偷用小刀割下小块黄鱼鲞，跑到书房里躲着吃。生黄鱼鲞肉很紧致，嚼起来韧纠纠，吃时费牙，但味道很好。鲞肉蒸熟吃，味道更好。袁枚送了它五个字——肉软而鲜肥。

黄鱼鲞最妙之处在于"杀饭"。夏天天热，吃啥都没胃口，来碗黄鱼鲞冬瓜汤、芹菜炒黄鱼鲞、清蒸黄鱼鲞，原本低落的味蕾，一下子被拉到高潮，就着鲞干，能"呼啦啦"扒下几碗饭。

黄鱼鲞与鸡鸭同炖，醇厚鲜美。我在大陈岛吃过一道黄鱼鲞海鲜鸡。新鲜与陈鲜，两种鲜味撞击，如海潮奔涌，是惊心动魄的鲜。在山里头，黄鱼鲞烧猪肉，是请客时最拿得出手的硬菜。

以黄鱼鲞熬的粥，叫鲞粥。天台产妇坐月子，每天要喝上几碗。鲞能补虚，还能活血。有个产妇因为坐月子时，婆婆熬的鲞粥里的黄鱼鲞不如隔壁家产妇的多，觉得受了冷落，十分委屈，结的月子仇，十几年都没解开。

宋代林洪的《山家清供》就写到天台山的鲞粥。"山家"即山野人家，"清供"即清淡简雅的食物。林洪在天台山游玩期间，第一次吃到鲞粥，觉得很有味道。鱼鲞浸软，切小块，放入粳米，加水熬粥，加酱料、胡椒调味。当地人相信，鲞粥可治疗头风。据说疗效胜过"陈琳之檄"。陈琳写檄文声讨曹操，句句戳到痛处。头风发作的曹操，读出一身冷汗，头痛竟然好多了。

鱼鲞用油煎，叫鲞煎。冻成肉冻，叫鲞冻。周作人很爱吃鲞冻。鲞冻晶莹剔透，嫩滑肥腴。从前在家，冬天时，父亲经常做鲞冻，早上用鲞冻过泡饭，挟一筷子鲞冻在白粥上，看着它如阳光下的雪山慢慢融化，又咸又鲜。挟到鲞冻里的一小块鲞肉，可以连送好几口泡饭。

黄鱼鲞还能当调味品。古人的脑洞开得够大，清代的美食宝典《食宪鸿秘》中，就记载了鲞粉，白鲞"洗净，切快，蒸熟。剥肉，细锉，取骨，酥炙，焙燥，研粉，如虾粉用。"鲞粉跟虾粉一样，是古代的调味品。鲞粉我没用过，下次找段黄鱼鲞，用料理机打碎试试看。

陈年黄鱼鲞能清心败火。海边的人，上火牙痛，眼睛红肿，吃陈年老鲞或以鲞头煎汤吃。鲞头上的鱼肉很少，没啥吃头，但鲞头听上去像是"享头"，口彩好。过年时蒸着吃，意味着生活有享头。

新风鳗鲞

一

不同的时节，有不同的鱼鲜。台州渔谣《月节鱼名》有好几个版本，有一个是这样唱的："正月雪里梅（梅童鱼），二月桃花鲻，三鲳四鳓，五月望潮，六月鲨条（小鲨鱼），七月鲈鱼散，八月白蟹板，九月黄鱼黄腊腊，十月乌鳞鲫，十一月带鱼白雪雪，十二月鳗鲞挈打挈。"

前面十一个月，夸的都是新鲜海味，最后一个月，夸的是咸鲜的鳗鲞。"鳗鲞挈打挈"，形容数量之多。过去，老家多鳗鱼，产量仅次于带鱼、鲳鱼和青占鱼，坐第四把交椅。

人莫若故，鱼莫若腌。朋友是旧的好，有些鱼，味道也是陈的好。比起刚出水的新鲜海鳗，新风鳗鲞的名头更响。"鳗，出海中者，齿尤铦利，冬晴鳙之，名风鳗，宜于致远。"八百年前，南宋大学者陈耆卿在《嘉定赤城志》里，就记载了家乡的风鳗。据说，这是关于风鳗的最早记录。

时间是个魔术师，西北风也是。风鳗的美味是朔风带来的。风鳗有鳗筒、鳗鲞之别。鳗筒与鳗鲞都是海鳗腌制的，但鳗筒腌制的时间较短，类似暴腌，肉质松软，咸度也较低；而鳗鲞腌制的时间长，肉质就紧致多了。

好风送我上青云。好风也送鳗鲞上青云。西北风是最好的风，凛冽、疾劲、锋芒毕露，可以一夜卷走树上的黄叶，也可以一夜激发出鳗鲞的鲜美。

朔风一起，渔家就要晒鳗鲞，就好像山里人腌猪肉做腊肉。这是为过年做的美食储备。

芹菜炒鳗鲞（叶文龙/供图）

海鳗平放在木板上，用耳刀"嚓嚓嚓"从鱼头剖到鱼尾，清理干净后，中间用竹签撑开。屋檐下、院落外，成排成行挂起。一条条银白鳗鲞，远看如猎猎旌旗。天越冷，风越大，晾晒出来的鳗鲞越好吃。风锁住了油脂，激发出美妙的鲜味。玉环坎门的鳗鲞，名头很响。选用钓船所捕的海鳗，三斤左右，风干至六七分。清白肥鲜，上锅蒸熟，丰腴鲜嫩，毫无腥气！

中年以后，我家的早餐桌上，不见了腐乳、油条、咸菜，而是各种鱼鲞。我要鱼鲞的咸鲜，也要它们体内的高蛋白。湿咸的带鱼与松软的鳗筒过粥最好，切成段，放葱姜和料酒，双拼。上竹蒸笼，蒸上十分钟，取出，拿来过粥，味道交关赞。一口吃下去，里面有风的味道，海的味道。

等到鳗鲞体内的水分完全被风吹干，肉质变得紧致结实，就可以炒芹菜、炖猪肉，美美与共。与腊肉同蒸，更是下酒妙物。

二

不要小看"呼呼"的北风，鱼鲞中的极品，都是风干的。味道最好的风鳗，来自海上。渔民捕获鳗鱼后，直接在海上把海鳗剖开，拿海水洗净。海水洗过的鱼，咸度恰恰好。挂在船上，西北风从四面八方吹来，"呼呼呼"的，就像那首叫《野子》的歌："怎么大风越狠，我心越荡。"

凛冽的西北风使鱼中的水分迅速收干。海风带来咸湿的气味，一路劲吹，美妙的咸鲜之味，渗入到海鳗的每一个毛孔中。

大风起兮云飞扬，威加海内兮归故乡。还未等回到故乡，鳗鲞就风干好了。等到回到故乡，新风鳗鲞犹如衣锦还乡的将士，受到吃货的夹道欢迎。当年风干的鳗鲞，味最佳，称新风鳗鲞。"新风鳗鲞味似鸡"，不，味道比鸡好多了。

鱿鱼鲞也是风干的好。在海上活抓现杀，在船上风干，颜色带红，有种透亮。有人形容得妙，说它看上去像一只伸着翅膀的甲壳虫。比起晒后颜色发黄的鱿鱼干，味道要好。

薄烧深海星鳗(叶文龙/供图)

新风带鱼也是好货。"十一月带鱼白雪雪",冬末春初,天寒地冻,带鱼油脂丰厚,是真正的油带。用《舌尖上的中国》的文艺腔来说,"每年冬至,带鱼从北向南洄游,形成鱼汛。鱼钩沉入水下近一百米,幽深寒冷的世界闪过一道道亮光,所有的努力和等待终于有了结果。"

东海带鱼,捕捞方式不外乎雷达网带和钓带两种,钓带颜值更高些,而雷达网捕捞上的带鱼,入网后,体表的脂肪细鳞会被蹭掉一部分,如破了皮的伤员。所谓的雷达网,并不是用雷达探测带鱼,而是渔船在布下天罗地网后,像雷达一样旋转,这样才能网上肥厚的带鱼。

天气越冷,带鱼越旺发,越肥美。故道"乌贼靠拖,带鱼靠冻"。过去有句话,"冬至过,年关未,带鱼成柴爿",意思是冬至到年关边,带鱼多得不得了,跟柴爿一样不值钱。因为带鱼太多了,改革开放初,老家的带鱼成车拉出去,跟山西换煤炭,跟丽水换木材。现在带鱼少了,身价也高了,谁还舍得拿来换煤炭和木材。

带鱼去鳍去内脏,腌好以后,吊起来让大风"呼呼"地吹。就是风干带鱼。

市场上也有风鱼,多数是用电风扇吹出来的,几台大风扇一齐开动,对着鱼"呼呼"吹。第二天早上,鱼就风干得差不多了。虽也算风干,但这种风跟海上的西北风,不是一个段位,至

清蒸风干带鱼（叶文龙/供图）

于滋味，更不在同一个档次上。这就像美女的桃花脸，微醺后的红晕，跟一巴掌拍出来的红晕，大不同。

三

在海风与时间的双重作用下，鳗鱼、鱿鱼、带鱼完成了蜕变，各种蛋白分解转化成奇妙的氨基酸。鱼鲞独有的咸香，会勾起深沉的乡愁：海上的涛声、礁上的海鸥声、北风"呼呼"吹过鱼鲞，咸鲜之下，是让人念念不忘的风物故乡。有时候，所谓的乡愁，纯粹就是嘴馋。

渔船上用疾风吹出的新风鳗鲞和新风带鱼，是鲞中妙品，很难买到。一海边朋友跟我大发感慨，小时候，家里穷，没钱买菜，父母在海里捞到什么就吃什么，野生梭子蟹、野生大黄鱼一年吃到头。接不上鲜货时，就吃黄鱼鲞、新风鳗鲞等燥货。燥货吃光了，吃点跳鱼干充数。现在，日子好过了，有钱买菜了，住到一线城市了，野生大黄鱼吃不起了，新风鳗鲞、新风带鱼也很少能吃到了。吃的大不如前啊。

在老家，新鲜的海产品，称为鲜货，干制的海产品，称为燥货，本地话听上去与"骚货"同音。我曾经陪外地女友到海产品市场买年货。走到干货摊前，女友问，这是什么？摊主用本地话答，燥货。女友以为骂她"骚货"，杏眼圆睁，怒火中烧。所幸我在边上翻译兼解释，才避免了口舌之争。等她逛完一圈，买到称心的鳗鲞、黄鱼鲞，早就忘了刚才的不快。现在，她一到台州，就想买点"骚货"带回家。

咿个隆咚呛个蟹

一

上月去舟山，参加一场文学活动。晚上，岛上书店有阿来的讲座，因为航班延误，阿来一下飞机，饭也没顾得上吃，直奔书店开讲。讲座结束，已是九点。来其兄、白马兄叫上我，一起陪阿来到渔家乐用餐。窗外就是大海，明明暗暗的波光，闪闪烁烁。

海鲜透骨新鲜，大小黄鱼，虾兵蟹将，列队而立，等待阿来宠幸。没想到，阿来最先翻的，是红膏呛蟹的牌子。我不免诧异，吃惯麻辣川味的人，吃得惯海边呛蟹？阿来道，没问题啊，川藏人连猪羊肉都能生吃，遑论呛蟹。

红膏梭子蟹以盐水加酒轻腌，就成了呛蟹。红白相间，色泽诱人。所谓"呛",程度比深腌要浅。从前渔民出海捕捞,碰到梭子蟹旺发,捕捞上来后,没法保鲜,直接倒入船舱,再灌入海水,加点盐,让活蟹呛死,这样能保持鲜味,据说"呛蟹"之名由此而来。

阿来健谈,言语又有趣。说到喝酒,他说自己最高纪录是一天之内,连喝四瓶白酒。说到东海海鲜,他说金沙江注入岷江,岷江汇入长江,长江再注入东海。东海之鲜,源头就在岷江。说得我竟然无法反驳。阿来应答机敏,段子一个接一个,杨梅烧喝了一杯又一杯,本来黑红的脸更红了。

呛蟹(叶文龙/供图)

213

第二天去小沙村。靠海吃海，上的还是海鲜。红膏呛蟹的味道，竟然比昨晚的还要好，我连吃六七块。蟹膏如胭脂红，膏肉如雪花白，冰清玉洁的口感，鲜中带咸，咸中带香，香中带甜，多重口感在舌尖交错，如暗夜里炸开的焰火。

等盘子见底，想让老板娘再来一份时，老板娘说，抱歉，鱼呀虾呀还有，红膏呛蟹卖光了。你们吃的，是最后一盘。

二

红膏呛蟹是东海岸人民的心头好。浙东沿海，各大宴席，常以红膏呛蟹当冷盘，是正餐前的前戏，以鲜咸挑逗味蕾，让人渐入鲜境。

膏红肉白的梭子蟹，最宜做红膏呛蟹。红膏就是一只蟹的荣誉勋章，有傲视群蟹的资本。有膏的呛蟹，口感更加鲜嫩。用嘴一吸，咸、鲜、香、糯，大海之味从舌尖和鼻尖同时进入体内。

南宋戴复古是江湖派诗人，也是妥妥的吃货。人家送了他几只盐蟹子鱼（呛蟹），他一激动，赋诗一首，题目比他的口水还要长——《吉州李伯高会判送盐蟹子鱼比海味之珍者未免为鲈鱼动归兴》，秋风起时，西晋的张翰想到家乡莼菜羹和鲈鱼脍的美味，便立即辞官回乡，老戴吃了人家送的几只呛蟹，也动了回家的念头：

每思乡味必流涎，一物何能到我前。

怒奋两螯眸炯炯，饱吞三印腹便便。

形模突出盐池底，风味横生海峤边。

合为莼鲈动归兴，久抛东浦钓鱼船。

过去，梭子蟹旺发，餐桌上天天有清蒸蟹，父亲偶尔也会做呛蟹。水中加盐、花椒和生姜，调好卤水。挑选有红膏的圆脐母蟹，挨个平放，一层一层，码在瓷坛中。倒入卤水，浸没螃蟹，再倒白酒，拿青石压住，盖好盖子。父亲说，当蟹壳尖端有白色小圆点（俗称"蟹眼"）出现，散发出香味时，即可食用。呛蟹腌的时间越长，味道越咸。所以呛蟹也叫咸蟹。

一天一夜后，盐味已入肉身，蟹肉清鲜嫩滑，有红有白，岂止赏心悦目，闻到咸香的味道，如到海边踏浪吹风。密封好的呛蟹，可保存数月不坏。父亲还尝试过用花雕酒做底料来呛蟹，味道更接近于醉蟹。

前些日子，我组团去潮汕，有一个师兄姓罗，没到潮汕前，被潮汕生腌诱惑，一路念叨着生腌生腌，好像中了蛊。等吃到心心念念的生腌，有点不敢置信，这不就是老家的呛蟹、呛虾吗？嘻！

北方人看我们大啖生蟹，会不会觉得我们这些"南蛮子"还没进化好？

三

要说生腌，可不止潮汕出名，浙东的生腌同样不可小觑。宁波人口味咸，外号“咸骆驼”。宁波人的年夜饭里，少不了红膏呛蟹坐镇。

呛蟹是整只的，吃之前，从冰箱里拎出来，还带着一层霜。冷藏后的呛蟹，更方便切斩。斩蟹也讲功力，称斩功。宁波有“十八斩”，听这名字，彪悍至极，好像梁山上下来的好汉。取出蟹壳，把红膏呛蟹切成十八块，每一块有肉有膏，有白有红，清亮透明，简直令人销魂。沿盘边摆成一圈，上面盖上完整的大蟹壳。蟹肉又咸又鲜，用筷子头挑一眼眼，就能吃下一大口饭。红膏和白肉下肚后，鲜味还在口中不散。

温州人在吃上更豪放，更喜欢吃生。温州的江蟹生很出名，我每次到温州，都要吃上几块。新鲜海蟹洗净去鳃，大卸八块，用醋、酱油、酒、姜、糖等各种调料腌制，十几分钟后就直接端上桌。这种快速呛制的方法，带着海鲜特有的生猛，味道格外鲜甜。温州人称为“江蟹生”。

我几个同事是温州人，嗜一切生腌之物，说江蟹生其鲜无比，百吃不厌，是天下无双的美味。除了江蟹生，温州还有蛎蚼生、白鳣生、鱼生、虾生、虾蛄生等。温州人说话喜欢倒着说，江蟹生、蛎蚼（牡蛎）生、鱼生、虾生、虾蛄生，其实就是生江蟹、生蛎蚼、生鱼、生虾、生虾蛄。

呛蟹不必久腌。老家说，"过夜泥螺洗手蟹"，言其腌制时间之短，洗手完毕，蟹已腌好。

南宋皇室就有洗手蟹。南渡之后，这些中原的贵族爱上了生腌的滋味，宴席上出现了鱼生、蟹生、虾生、江珧生。清河郡王张俊宴请宋高宗赵构的食单中，就有蛤蜊生。在吃蟹上，宋人除了喜欢风雅的蟹橙酿，还喜欢生猛的洗手蟹。《武林旧事》就记载了洗手蟹。皇后归省时，皇帝赐筵十四盏，第十盏就是洗手蟹。

南宋从上到下，都好生腌。南宋临安的酒楼里卖各种生腌海鲜，有酒泼蟹生、酒蛤蜊、酒浸江珧、酒浸章举、酒浸牡蛎肉、脆螺、法虾、糟淮白鱼、酒香螺，还有橙醋洗手蟹。橙醋洗手蟹是把生蟹拆成块，用盐梅、椒橙略微一拌，就拿来生吃。

可见，南宋也不是一味风雅到底的，至少在吃上，还是有几分豪放的。

咸鱼就饭，锅底刮烂

一

四月中旬到五月初，墨鱼进入大陈渔场产卵。过去，立夏至小满，东海墨鱼旺发，形成壮观的墨鱼汛。大大小小的渔船，如同接到海神的指令，齐刷刷开到大陈渔场，或用火诱，或以笼捕，或用篾拖——本地人称之为耙墨鱼，如同秋天之耙谷。

墨鱼吃不完，晒干或盐腌。在浙东，淡干的墨鱼鲞叫脯鲞，重盐腌制的叫墨鱼枣，也叫明鲞。明鲞是咸鱼的一种。抽出墨鱼骨，取出墨囊，里外抹上粗盐，头朝里塞进肚中，再塞进粗盐，形状如圆滚的大枣，整整齐齐竖排到陶瓷瓮中，再洒一遍粗盐，其余的交给老天。腌上一周左右，再放大太阳底下晒两三天，即可食用。口味重的，会多腌几次，腌腌晒晒，月余才食。久腌的

218

墨鱼枣可降火，如中药之陈皮。

墨鱼枣腌后，变得硬实，因为脱水，个头变小。洗净盐卤，横切成片，倒上料酒，与笋片、火腿片同蒸，咸鲜下饭。

墨鱼枣里有墨鱼蛋，墨鱼蛋是雌墨鱼的缠卵腺，大的如鸡蛋，小的如鸽蛋，因为成双，故家乡习惯地称为"墨鱼双"。墨鱼双里有黄膏。墨鱼带膏，如同佳人簪花，都值得一夸。腌好的墨鱼双呈琥珀色，如羊脂白玉，晶莹剔透。

墨鱼双蒸鸡蛋，有浓烈直白的咸味，是家乡最常见的杀饭榔头。夏天天热，茶饭不思，把墨鱼双放水中浸泡清洗，多换几次

墨鱼双蒸蛋是下饭利器（叶文龙/供图）

水，脱去盐分，在碟子里排好，将打好的鸡蛋液倒入，上锅隔水清蒸，又咸又鲜。这是小时候家里餐桌上的常客，杀饭力所向披靡。真是"咸鱼就饭，锅底刮烂"。

夏天，单位食堂常有芹菜炒鳗鲞、冬瓜黄鱼鲞、墨鱼双蒸蛋，墨鱼双蒸蛋一端上来，就会被抢光。夏天胃口低沉，我常靠墨鱼双来救场。

二

咸鱼中，名气最大的，并不是墨鱼枣，而是三鲍鳓鱼。旧时渔民出海前要敬海神，在浙东，海蜇蘸三鲍鳓鱼必不可少。海蜇谐音"海作"，鳓鱼土音同"来鱼"，寓意出海捕鱼，满载而归。

三鲍鳓鱼，跟鲍鱼并无干系，而是跟腌制有关。在古代，腌制加工成的鱼，就叫鲍鱼，"如入鲍鱼之肆，久而不闻其臭"的鲍鱼，就是臭咸鱼。周太子姬发口味重，最爱吃臭咸鱼，他的老师姜太公在他跟前叽叽歪歪：鲍鱼腥臭无比啊，档次太低啊，上不了大台面啊，登不了祭台啊，太子你吃这个有失体统啊。周太子还是偷偷吃。哼，管它档次不档次，老子就好这一口。

三鲍鳓鱼就是三次盐腌的咸鳓鱼。腌时，鳓鱼无须去鳞，也无须开膛，用重盐腌渍，以石块压实，排去卤水。如是者三，是谓三鲍。

腌制四五个月后，卤汁上浮动着一层油花。腌成的鳓鱼，色泽光亮，肉质坚实，石骨铁硬，经久不坏。

现在不少酒店打出三鲍鳓鱼招牌的，通常是一鲍。就算一鲍，那种咸鲜的味道，也是入口难忘。以咸鳓鱼炮制成的鳓鱼蒸蛋、鳓鱼蒸毛豆、鳓鱼肉饼、虾子鳓鲞，咸鲜都达到顶峰。

去厦门，吃到三鲍带鱼。厦门人把带鱼称为白鱼，第一次盐腌，称为头露白鱼，然后是二露和三露。露过二三次后，带鱼变得干瘪，盐分板结，鱼肉干燥硬挺，厦门人称之咸鱼仔脯。蒸时表面有一层盐霜，如秋天寒露时的地上霜，味苦涩，味道不如头露白鱼，更不及家乡的新风带鱼。

虾兵蟹将，腌渍的也很多，如腌蟹板、腌蟹酱、腌沙蟹、腌虾虮、腌虾酱。最咸的是虾虮酱，用筷子尖挑一点，像在吃盐。

螺类也逃脱不了被腌渍的命运，常见的有腌泥螺，死咸死咸，还有咸蚶等。

三

过去，鱼汛来时，打捞上来的鱼，堆得满船都是，须赶紧发落。除了淡干、生晒——在风中晾干或在太阳底下晒干，制成鳗鱼鲞、黄鱼鲞、带鱼鲞外，就是盐藏、糟腌。

撒盐入身，咸极为鲜。盐腌是处理海鱼最常用的方法。三国时，海边人家就视咸鱼为美味。《临海水土异物志》有记："取生鱼肉杂贮大瓦器中，以盐卤之，历月余日乃啖食之，以为上肴。"海边人的重口味，就这样通过基因代代相传。

咸鱼在腌制的过程中，鱼身上的酶与盐与空气中的微生物发生奇妙的反应，除了咸鲜，多了几分阅尽沧桑的深沉。如果说淡干、生晒是春秋笔法，盐腌就是直奔主题、单刀直入。

若论杀饭，鲞不及咸鱼；若论身价，咸鱼差鲞一大截。晒好鲞必须要用好鱼，腌咸鱼有时不免鱼龙混杂。老家进贡朝廷的海产品，有白鲞、虾米、鱼肚，却无一条咸鱼。锦衣玉食的皇族，要的是舌尖上的那份美味，而不是塞饭榔头。

浙东的宁波与台州，口味都很重，显然跟吃多了咸鱼有关。宁波人尤其嗜咸，作家蒋梦麟就说过，宁波的"空气中塞着咸鱼的气味"，民国女作家苏青也自嘲：因为自己是宁波人，所以常被挖苦为惯吃咸蟹鱼腥的。

老底子宁波人，腌制食品，常常"一斤水，七两盐"。宁波有各种咸鱼，还有黄泥螺、咸呛蟹、咸烤笋、臭冬瓜、霉菜梗、霉百叶、臭腐乳。咸、臭、霉，都占齐了。宁波人跟绍兴人一样，会做人家。

咸鱼被浙东人称为"咸鲜下饭"。指甲盖大小的一块咸鱼，可以干掉三碗米饭。会过日子的人，吃了咸鱼，留着鱼骨头，拿来吊冬瓜汤、丝瓜汤。腌过鱼的盐卤，用来蘸海蜇，蘸毛芋、洋芋，可替代虾虮酱。

《儒林外史》中有个细节，吝啬鬼严监生临死时，因为舍不得点两茎灯草，伸着两根手指头不肯咽气。海边也有抠门的笑话，贫寒人家吃饭时只有蔬菜，没有荤腥，只在窗口上挂一条咸鱼。几个小孩，看一眼咸鱼，扒一大口白饭。有个小孩多看了几眼，当爹的马上沉下脸：咸死你！

家乡有谚语，"买咸鱼放生"，意即多此一举。至于"咸鱼翻身"，是指一个人正处于人生的低谷，突然出现重大转机。

咸鱼就是咸鱼，它很难翻身，它最大的用途就是当塞饭榔头。现在，新鲜鱼虾随时可以吃到，谁还愿意整日吃死咸死咸的咸鱼呢？自此它被打入冷宫，在饭桌上，很少露面了。咸鱼唯一翻身的机会，就是敬天敬地敬海神时，隆重地露一回面。

糟醉二货

一

与粗犷强悍的咸鱼相比，糟鱼的"格"要高一些，带着微微的酒香，温和内敛，口感是渐进式的丰富。如果说咸鱼如凛烈西风，强悍勇武，先声夺人，咸味直抵舌尖，那么，糟鱼便如五月南风初起，舌尖上，有让人心旌摇荡的湿润和鲜香。

鳓鱼可鲜、可咸、可糟，各有风味，鲜则活泼轻盈，咸则老辣沉香，糟则风情万种。对待新鲜鳓鱼，最体面的方式是清蒸。但是浙东还有三鲍鳓鱼和白鳓鱼，名头很响。三鲍鳓鱼是咸鱼，白鳓鱼则是糟鱼。

老家的糟鳓鱼、糟带鱼很是出名。糟鳓鱼以酒糟、桂皮、茴香、姜片拌盐腌制，置于陶瓷甏中。一层鱼一层酒糟，层层叠加，加满后封口。密封贮藏，发酵二十天左右，就可取出蒸食。糟好的鲥鱼咸中带甜，散发着淡淡的酒香。

相比糟鲥鱼，糟带鱼更受欢迎，可过白粥，可下米饭。带鱼切段，盐渍两天，取出沥干，加酒糟、花椒、桂皮、姜片、盐、糖等，在缸中贮存一二个月。糟带鱼所用的带鱼，往往取中等以上。四五月张网捕捞来的细小带鱼，没资格做糟带鱼，只能做鱼生。

带鱼糟过后，几种香味在舌尖翻滚。先声夺人的是酒香，再是海浪般汹涌的鲜香，最后是微微的甜香，带着卤味特有的

香醉青鱼干（盛钟飞/供图）

陈香。

糟鲥鱼出现在《金瓶梅》第三十四回里，西门庆送了两条糟鲥鱼给应伯爵。其中，一条被应伯爵送给自己的哥哥，以显摆自己与西门大官人的交情，一条拿刀劈开，自己慢慢吃。他得意地对人卖弄道："你们那里晓得，江南此鱼，一年只过一遭儿。吃到牙缝里，剔出来都是香的。"

除了白鳞鱼、糟鲥鱼、糟带鱼，老家还有醉瓜、糟鲳鱼、糟鳗鱼、糟蟹、淡糟香螺片。醉瓜不是醉黄瓜，是糟醉后的黄鱼。

糟鱼肉质松散，骨头酥脆。浙东说一个人骨头轻，举止不稳重，就说，骨头就像糟鲳鱼。

二

读过北宋苏轼《老饕赋》的人，应是知道这位名满天下的大才子的口味，吃肉只选小猪颈后那一块最好的肉，吃螃蟹只选霜冻前最肥美的螃蟹，樱桃要放在锅中煮烂煎成蜜吃，嫩羊羔要浇上杏仁浆蒸着吃，蛤蜊要半熟时就着酒吃，螃蟹要和着酒糟蒸，稍微生些吃。

比起糟鱼，糟蟹是另一种美妙。要用上好的雌蟹，还要用上好的酒糟与好醋，才能糟出让苏轼没齿难忘的味道。

糟蟹是联络感情的纽带。南宋辛弃疾与苏轼合称"苏辛"，他跟苏轼一样，也好糟蟹。菊黄蟹肥时，赵晋臣送来糟蟹。辛弃疾吃后，兴致勃勃地写了一首答谢诗《和赵晋臣送糟蟹》。诗中道："人间缓急正须才，郭索能令酒禁开。"说有糟蟹这等美味，酒门可以大开。辛弃疾真是豪放啊。"郭索"就是指螃蟹。

糟蟹中有一种蜜蟹，是隋炀帝的菜。隋炀帝烟花三月下扬州，吴郡官员进献了两千只蜜蟹。上贡之前，把蟹壳先擦干净，"以金缕龙凤花云贴其上"，美其名曰"缕金龙凤蟹"。蜜蟹是把雄蟹的蟹爪扎紧，剃去蟹毛，让蟹饮饱甜酒和蜂蜜，凝结如膏。这是糟蟹的一种，只是调味品从酒和盐，变成了甜酒和蜂蜜。海蟹光滑无毛，有毛的是田蟹、河蟹和湖蟹，可见进献给隋炀帝的应是淡水蟹，我好奇古人是如何为蟹剃度的，也好奇隋炀帝如何吃得下两千只蜜蟹。

糟货之外，还有醉货，简称"糟醉二货"。醉货就像醉鬼，直接用酒浸泡，有醉泥螺、醉蟹、醉血蚶等。家乡有醉鲻鱼，把三鲍鲻鱼浸入黄白酒中，装坛密封，数月之后，酒香扑鼻，又名"香鱼"。

呛蟹要用梭子蟹，糟蟹、醉蟹宜用大闸蟹。选青背肥壮的大闸蟹，放花雕酒中浸泡。无意中看到一个醉蟹的方子，真是讲究：把大闸蟹刷洗干净，掀开大闸蟹的脐盖，放上盐，再放上一粒花椒，然后合上脐盖，以蟹爪尖扎进脐盖钉牢，活蟹放入小坛内，一一码好，加姜块和蒜瓣，倒冰糖、酱油、黄酒，最后加白酒，用碧绿箬叶或油纸封实。一星期后，即可开坛食用。蟹青微泛黄，有浓郁酒香，清口滑爽。如同一柄未开封的玄铁重剑，不露锋芒而内有万千风云。

除了醉蟹，家乡还有醉蟹股，即醉蟹钳，味道极为清鲜。蟹钳用酒单独腌制，像苋菜股一样，一股股的，故称"蟹股"，醉过的蟹钳十分味美，蟹肉一丝丝一股股，风味绝佳。我顶爱吃。

糟醉二货中，糟货只是清淡的酒味，如美人醉后的气息，而醉货，味道就浓郁多了，鲜香之中裹挟着扑鼻的酒香，如同不经意间打开一坛十年陈酿。

三

可糟的不仅是鱼蟹，猪牛羊肉也可糟。《金瓶梅》里除了糟鲥鱼，还有糟鹅胗掌、糟蹄子筋。《红楼梦》中锦衣玉食的公子哥儿贾宝玉爱吃糟货，对"那府里珍大嫂子的糟鹅掌鸭信"，赞不绝口。南宋临安街头的糟货店就很多，除了卖糟蟹、糟鱼外，还卖糟羊蹄、糟猪头肉等。

浙东人家的糟货，山海风味皆有。除了糟鱼、糟肉，还有糟茭白、糟毛豆，连瓜果和时蔬，他们也要一糟了之。糟货分熟糟和生糟，熟糟是食材煮熟后糟制，如糟鹅胗掌、糟蹄子筋。生糟是食材直接入酒糟中糟制，糟后再蒸熟，如各种糟鱼。

知味观·味庄的西湖醉蟹

1929年，绍兴同乡川岛借着灵峰探梅的由头，约鲁迅去吃糟鸡。鲁迅回信："自觉和灵峰之梅，并无感情，倒是和糟鸡酱鸭，颇表好感。"妥妥的一个吃货。不过，这样的鲁迅，比起斗士的形象，更让人亲近。

糟货离不开酒糟。酒糟二字，虽有个糟字，但在江浙人的眼里，不是糟粕，而是精华，江浙人称之为"香糟"。

今"糟"有酒今"糟"醉。酒糟有黄糟和红糟，即黄酒和红曲酒的酒糟，味道香醇。红曲酒的红糟，多用于糟鱼生，也用于烧菜染色，江南名菜樱桃肉、无锡排骨、豆腐乳中，就有红糟。除此之外，还有白糟，是白酒的酒糟，比起黄糟和红糟，酒香更加浓郁。

酒酿也可当酒糟，江南有酒酿鲥鱼，就是用酒酿糟制的。糯米蒸熟，用红蓼做成的药引子发酵，隔几日，便成了甜酒酿。是我老家立夏时必吃的甜点。将白色酒酿直接铺在鲥鱼身上，短暂腌渍。蒸熟后，酒酿与鱼肉可同食，有锋芒皆敛的圆润温和，酒酿和鱼肉入嘴，鲜、嫩、甜、香，瞬间充盈味蕾。唇齿间这种切切实实的享受，比虚无缥缈的爱情更让人觉得踏实。

香糟火腿鲥鱼(盛钟飞/供图)

清酒如露鲊如花

一

唐朝长庆三年夏，莲叶田田，蝉鸣声声。元稹赴任越州，途中经过杭州。时任杭州市市长白居易在西湖上举行船宴，为哥们儿接风洗尘。湖光山色，佳肴满桌，其中就有莲房鱼包和荷叶鲊。

莲房鱼包是取新鲜莲蓬，挖出一粒粒莲子，再填入一个个小鱼丸后蒸熟。鱼肉的鲜美里，带着莲蓬的清香。荷叶鲊是把鱼洗净切块或切片，以青碧荷叶裹鱼暴腌后清蒸。因腌制时间短，名曰"曝鲊"，又因荷叶包裹，称"裹鲊"。关于荷叶鲊，白居易有诗："就荷叶上包鱼鲊，当石渠中浸酒瓶。"端的是风流。

东晋名流王羲之是荷叶鲊的真爱粉。自己好这一口，还送裹

莲房鱼包（盛钟飞/供图）

鲊给朋友，并且大方表示，"裹鲊味佳，今致君，所须可示，勿难。"——如果觉得好吃，不要不好意思，想再吃，就直说。世人称此美食帖为《裹鲊帖》。

赵孟頫喜欢王羲之的《裹鲊帖》，连临三遍。不知道赵孟頫临帖的时候，想到风荷六月，行舟裹鲊，有没有馋出口水？

二

说到咸鱼糟鱼，江南人家都懂，说到鲊鱼，很多人一脸懵。其实咸、糟、鲊都是指把鱼肉蔬菜用调料腌渍的方法。

"鲊"最初只是鱼类腌制，腌着腌着，就变成万物可腌。为去除食材水分，或用石头压实，或放布内绞扭，"鲊"字因此而来。

鱼鲊之中，有海蜇鲊、大鱼鲊、蛏子鲊、蟹鲊、银鱼鲊、鲜鳇鲊、清凉虾鲊、蛤蜊鲊等，江海之鲜都可鲊一鲊。

北魏《齐民要术》记载了鲤鱼鲊的详细做法：新鲜鲤鱼去鳞切片，每片要有鱼皮。浸水中去血，清水洗净后，置于盘中，撒上白盐，以平石板压去水分。粳米饭蒸熟后，和以茱萸、橘皮、好酒，摊鱼片于瓮中，加饭于其上，一层鱼一层饭叠满，以箬叶封口，待其成熟，就可取食。

最生猛的鲊是汉昭帝的蛟鲊。西汉时，汉昭帝以香金为钩，霜丝为线，丹鲤为饵，钓到一条长达三丈的白蛟。这蛟长得怪异，无鳞无甲，头上长着二尺长的肉角，牙齿突出在唇外。汉昭帝命御厨做成鲊，宴请大臣，与臣同享。想来，这个白蛟当是鱼鳗之类。

南宋诗坛"四大天王"之一的范成大好鱼鲊，曾经厚着脸皮写诗乞食，题目就叫《从圣集乞黄岩鱼鲊》："截玉凝膏腻白，点酥粘粟轻红。千里来从何处？想看舶浪帆风。"老范吃了台州黄岩的蟹鲊，赞不绝口，说蟹肉如凝脂一样，肥白晶莹，糯绵鲜香，蟹膏轻红酥软，果冻一般，入口即化。吃后，念念不忘，写了这首诗，希望朋友看到此诗，能够理解一个吃货的心情，再送几只鲊过的白蟹让他解馋。

明代《食物本草》中的做鱼鲊图

《金瓶梅》有木樨银鱼鲊，用银鱼掺和鸡蛋制成。木樨就是桂花。鸡蛋炒熟后，金黄如桂花，故常以木樨代称鸡蛋。用盐、酒、茴香等调味，放在木樨和银鱼之上，腌制后，用煮熟的酒酿饭与银鱼一层叠一层糟渍起来，放瓶中密封，若干天后，开瓶取食，鲜香扑鼻。

除了木樨银鱼鲊，《金瓶梅》中还有细鲊糟鱼、肉鲊虾米、银丝鲊汤。

三

除了鱼鲊，还有鸟鲊。鸟雀用香料腌渍，压入坛子，发酵数日。最有名的便是黄雀鲊，因黄雀"体绝肥，背有脂如披绵"，所以黄雀鲊又称"披绵鲊"。此外，还有鹦鹉鲊。

一位八百年前的江南女子，在《吴氏中馈录》中记载了黄雀鲊的家传秘籍：将黄雀宰杀、煺毛、去除内脏，用酒洗净，再用软帛擦干，不能沾水；将麦黄、红曲、盐、花椒、葱丝等调料混合搅拌，调和味道。在扁坛中，铺一层调料，码一层黄雀，层层叠码，直至装得严严实实。以箬叶盖实，篾片扦定，坛口封严，及至腌至卤水出来，倒去卤水，在坛中灌酒，密封入味，便是黄雀鲊。

明代的《竹屿山房杂部》中也有黄雀鲊的制法，所不同的是，各种调料是塞入黄雀身内，想必腌得更加入味。

黄雀鲊味道鲜美。北宋名流黄庭坚就写过《黄雀鲊》一诗，诗中大意为，离家十二年，很少吃到黄雀鲊。幸得张公从浦阳送来黄雀鲊，煮面片汤有了这种鸟鲊，味道不知好了多少。

宋时权贵人家爱屯黄雀鲊，就像现在土豪爱屯鱼翅花胶，供自己慢慢享用。宋徽宗的宰相王黼，屯了满屋的黄雀鲊。被抄家时，家里的黄雀鲊积了三间房。宰相蔡京生活豪奢，后厨团队就有一百多人，还有只负责给包子切葱丝的厨婢，家里有一种饼，是用黄雀的胃制成的。蔡京被抄家时，家中的黄雀鲊一坛叠一坛，堆满了三间屋子，黄雀腌咸豉，还有九十余瓶。

牛羊猪肉也可作鲊。唐代段成式的《酉阳杂俎》有记，安禄山在朝中很吃得开，唐玄宗经常赏赐他宝贝，还赐给他野猪鲊——即腌制或烟熏的野猪肉。吴越国国王钱俶上京城朝觐赵匡胤，赵匡胤请他吃羊肉旋鲊。所谓旋鲊，言其腌制时间短。

《水浒传》中有"肥鲊"，即肥肉做成的鲊。鲁达因路见不平，为帮助金翠莲父女，失手打死郑屠户，四处逃亡。鲁达逃到雁门时，金老汉认出了救命恩人，于是买来各种"鲜鱼、嫩鸡、酿鹅、肥鲊、时新果子之类"款待恩公。父女俩与鲁达推杯换盏。"三人慢慢地饮酒"聊天，一直喝到晚上。

宋时食鲊成风。《梦粱录》里就记载了各种鲊食，除了鱼鲊、鸟鲊、肉鲊，还有蔬菜鲊。蔬菜鲊中的蔬菜，多为根茎类和果实类，有胡萝卜鲊、茭白鲊、茄子鲊、扁豆鲊、莲藕鲊、冬瓜鲊、笋鲊。

笋鲊的做法，有点像现在的凉拌笋块——将肥嫩春笋剥去笋壳，切成玉白笋块。蒸熟后，加米粉、花椒、茴香、盐等调料，拌匀入罐，浇上香油，密封，过段时间，就可食用。清爽脆嫩，十分开胃。

吴越之地爱鲊食。陆游曾道，"酒如清露鲊如花"——清酒如深秋山林中的露水，而鱼鲊如花朵一般娇艳。诗中花一般的鲊，就是吴越之地的一种糟鱼，名为"玲珑牡丹鲊"，把生鱼片拌上盐和醪糟（酒酿），摆成牡丹花形状。发酵后，鱼肉呈微红色，如初开牡丹，活色生香。

旧时还有海棠鲊和桃花鲊，怎一个花红柳绿了得。海棠鲊，是把猪肉、羊肉以葱白、川椒、野茴香、红曲、麦黄、粳米饭等各种调料腌渍，色如三月海棠。而所谓的桃花鲊，是用盐和红曲腌制的鱼肉，腌后现出桃花色。光看菜名，还以为是宋词小令。

鱼露露华浓

一

这世间，最宝贵的是时间。交给爱情，叫天长地久；交给老酒，叫陈年佳酿；交给鱼露，叫厚味醇鲜。

老家的调料，有姜汁，也有鱼露。鱼露又名鱼酱油，潮汕称之为"腥汤"，胶东称之为"鱼油"，老家称之为"鲒油"、鱼卤酱油。

书中载，孔子"食不厌精，脍不厌细……割不正，不食。不得其酱，不食"。孔子这人有点"作"，肉割不正，不吃，没有酱，不吃。中国人无酱不欢，黎民吃黄豆酱，贵族吃肉酱、鱼虾酱。周朝时就有"醢人"，"醢"就是肉酱。醢人掌四豆之实，专门负责酿造各种酱，有豆酱、兔酱和鱼酱。

北魏《齐民要术》是农学专著，也是美食宝典，里面记录了鱼露的做法。把新鲜海鱼加盐、干姜、橘皮等调料，层层码好，用泥封口，放在太阳下曝晒，渗出的卤水就是鱼露。

老家人把腌鱼后的卤水称为"鱼卤"。浙东沿海有三鲍鳓鱼，是咸鱼中的极品。鳓鱼经过三次盐渍，色泽鲜红，肉质细硬，腌鱼后渗出的卤水油光闪闪，是卤中上品。海边人家称"三鲍卤"，其实就是最上乘的鱼露。海边人舍得送你几条三鲍鳓鱼，却舍不得送你一坛鳓鱼卤。

鱼卤加青葱、蒜叶、辣椒丝、姜丝，以小火熬制，去腥杀菌。煮沸后澄清，凉后，倒入坛子备用。蘸海蜇头吃，脆嫩清香，还可以拌面条、拌香干丝，咸鲜无比。那种鲜，吃完后，舌尖还要舔上三舔。

二

潮州一评上世界美食之都，我就组了个吃货团，直奔潮州逛吃逛吃。尝了一百多道菜，印象最深的是芥蓝。潮州人上菜，不管上什么气势逼人的生猛海鲜，一道芥蓝是少不了的。下猪油，用猛火，最后加鱼露调味。白灼芥蓝、鱼露芥蓝、芥蓝煎蛋、芥蓝炒饭、芥蓝炒面、芥蓝牛肉。芥蓝一身翠绿，鲜甜脆嫩，咬之嘎嘣有声。

潮汕人视芥蓝为蔬菜中的当家花旦。潮汕有句话，叫"好鱼马鲛鲳，好菜芥蓝薹，好戏苏六娘"。芥蓝薹就是芥蓝新出的花薹，即我老家台州所称的菜蕻。潮汕人以芥蓝蘸鱼露，台州人以芥菜配虾皮，都是绝配。在潮汕，除了芥蓝要用鱼露，还有鱼露豆腐、鱼露茄子、鱼露鸡翅、鱼露杂菌。有了鱼露的提点，满桌活色生香。

鱼露不止闽粤有，我老家的鱼露曾经很有名气。色呈琥珀，咸鲜逼人，风味殊异。从前温岭礁山、黄岩金清、临海前所、三门健跳、玉环等地，都有鱼露出品。以七星鱼、鳀鱼、小杂鱼与咸鱼卤为原料，一番腌渍，自然发酵。老家的鱼露，大多销往杭州、绍兴、上海，用来浸制酱鸭、酱鸡、酱鹅。玉环的鱼露，加工历史有百余年，名气更大，曾经销往闽粤、香港，远至东南亚。

在不见天日的幽暗岁月里，各种微生物活跃其间。黄褐色的鱼汁渗出，鱼汁上漂着一层厚厚的鱼油，卤水油光闪闪，这是鱼肉蛋白分解后的氨基酸。这种鲜咸的汁水，清亮醇厚，经过过滤、煎煮、熬炼，就成了鱼露。整个酿制过程，需要走过二十四节气，耗去一年光阴，才能发酵出优质鱼露。鱼露含有多种氨基酸，还有各种有机酸，天然谷氨酸含量也很高，这是它鲜美的源泉。

如果说鱼露如酒，那三年的鱼露则是陈年佳酿。上品的鱼露

浇了鱼露的鸭嘴鱼(盛钟飞/供图)

呈红褐色，澄明有光泽，有浓厚的鲜味。现在使用酶解法生产出的鱼露，三个月就推向市场，快是快矣，只是风味远逊传统高盐发酵。

好鱼露一定要经过岁月的沉淀。岁月从不败美人，也不败鱼露。

三

老家产鱼露。但奇怪的是，餐桌上，鱼露极少露面。老家人讲究食材本身的鲜，什么鱼露、味精，统统打入冷宫。

浙东甬台温，口味接近，用得最多的调味，是酱油醋。台州人吃海鲜，唯醋是从；宁波人口味重，要蘸酱油；温州人觉得酱油和醋一起，才能叫调料。

前些年去柬埔寨，一路游玩下来，随处可见鱼露。柬埔寨人极嗜鱼露，无论是在暹粒的大排档吃一碗炒面，或者在湄公河上吃一碗炒粉，都会有鱼露那又腥又鲜的味道。除了柬埔寨，东南亚的泰国、马来西亚，也时常能闻到鱼露那种极具辨识度的气味。

鱼露的味道，闻不惯的人认为腥臭无比，甚至称之为恶臭，闻到就要干呕。喜欢的人，觉得鱼露美如花露，香馥浓郁，将食物在鱼露中略微一蘸，舌尖上立马有了鲜和美，仿佛是海上的水气，山间的雾气，再寡淡的菜，加点鱼露，就有了两晋六朝的风流绮丽。那种鲜味，令人欲罢不能。真是甲之蜜糖，乙之砒霜。

从潮汕回来，饥肠辘辘。放下行李，翻箱（冰箱）觅得半袋小馄饨，却找不到馅料包。好在调料架上，还有小半瓶鱼露。馄饨烧至九成熟，从阳台上掐几根小香葱，加一小勺鱼露，这碗小馄饨立马有了鲜气腾腾的灵魂。那种鲜美，呵呵，套用李白一句诗，简直就是"春风拂槛露华浓"。

虾子酱油

过年前，良卫从山西给我寄来一箱老陈醋。良卫在山西当设计师，每年回家几次，有时碰得上，大多数时候碰不上。年节快到时，他会寄些山西的黄小米和陈醋过来。老陈醋底子醇厚，不似镇江香醋温和。这一箱陈醋，家里用了整整两年。清明前，小青自驾去苏州赏樱、吃太湖三白，回来时，又给我带了两瓶虾子酱油，瓶贴上有齐白石画的水墨虾，浓淡有致。

在家里，虾子酱油用的不如老陈醋勤。平素吃的江河湖海各路鱼虾，鲜度已是高饱和。我在东海边长大，对鱼鲜要求极高，现在有了冷链，当日捕捞，当日上岸，当天送达。新鲜海鲜只需蘸些米醋，就已鲜掉眉毛，不需要虾子酱油锦上添花。

前段时间体检，查出血脂有点高，医嘱要吃得清淡些，以便降血脂。自此，一日三餐，时蔬轮番，放水里一煮，加几粒盐，便上了桌。健康是健康，味道终究寡淡了些，虾子酱油便恰到好处出场。凉拌、生吃、水煮，倒一点虾子酱油，清绿时蔬立马有了鲜气。

二

虾子酱油是虾子放酱油里熬出来的。虾是极鲜之货，李渔他老人家就说过，"笋为蔬食之必需，虾为荤食之必需"，就如同说到雪天，必定会带出梅花。

老海门有百年同康酱园厂，是我女友家的祖业，生产酱油、醋、黄酒。此中的极品酱油，黑亮滋润，呈油状，称之为"秋油"，要从初伏第一天开始投料酿造，经历日晒夜凉，秋风白露，至深秋霜降后，才大功告成。这样晒制出的秋油，颜色深沉黑亮，有浓郁酱香，味道浓郁纯粹。此等酱油，再放入虾子熬制，两两其鲜，美美与共，鲜美不可方物。

我小时候跟着外婆在杭州生活。外婆过日子十分精细，春天一到，地里刚长出肥嫩的马兰头，她就会不厌其烦做一道马兰头拌香干。马兰头拣净，焯水后，切成丁，香干也切成细丁，案板上"叮叮当当"响上半天。她花一小时做好的马兰头拌香干，我五分钟可以干掉一盘。

她做虾子酱油，一定选用河虾。抱子的青白河虾，鲜美异常，只有五月才有，故虾子酱油一年只有这一个月可做。外婆过日子，历来不肯将就，春天要有马兰头拌香干，秋天要就着绍酒吃大闸蟹，做虾子酱油一定要用河虾的子，万万不可用海虾子和鱼籽代替。在她眼里，河虾子做出的酱油是春风拂柳，而海虾子做的酱油，便是台风撼树。至于鱼籽蒙混虾子做成的酱油，那更是大大咧咧、生猛粗糙，简直就是山野蛮夫。

金黄虾子，洗净，晾去水分。锅中倒入上等酱油，加上生姜、冰糖、黄酒、葱姜，加热煮沸，锅内翻云覆雨，风云变幻，万物在这里相互博弈，相生相融。撇去浮沫，倒入清洗过的新鲜虾子，边熬边搅拌，再放入适量白酒去腥，小火熬制。红黑乌亮的酱油里，浮沉着粒粒金黄的虾子，等到虾子向上浮起即可。冷却后装瓶，虾子酱油大功告成。那种鲜香，馋得走廊里的猫都要抽几下鼻子。

三

汪曾祺的故乡味道里，有高邮咸鸭蛋，也有汪豆腐——豆腐切成指甲盖大小，推入虾子酱油汤中。滚开后，勾薄芡，盛入大碗，再浇上熟猪油，就是鲜嫩无比的汪豆腐。

过年时，外婆一定会做八宝菜和白切鸡。白切鸡鸡皮脆嫩，用虾子酱油蘸着吃，那味道，没得说。虾子酱油蘸白切鸡、白切肉、油条，拌黄瓜、豆腐、茭白、芥蓝，浇光面、蛋羹，提味提鲜，只需那么一丁点，便让舌尖迸发出无尽的鲜味。哪怕前一分钟嘴巴还淡出青苔，有了虾子酱油，舌尖上便是姹紫嫣红。落进嘴里的几粒赤红虾子，舌尖一舔，沙沙的口感，如同雪粒子打在窗户上。

从前最爱吃外婆包的小馄饨，薄皮透明，一粒小鲜肉隐约可见，加点紫菜、青葱、蛋丝，滴两滴虾子酱油，喝口汤，真是鲜煞来哉！

外婆曾在苏吴生活过一段时间。苏州人深爱虾子酱油。吴地自古富裕，讲究吃喝，有鹭鸶腿里劈丝，豆芽菜里塞肉的精细。每年立夏前后，湖泊河港，雌虾只只抱卵。苏州人的双眼早就盯上了流沙般的虾子，做炒三虾，做虾子鱼肚、虾子鱼片、虾子茭白、虾子鲞鱼、虾子蹄筋。小小的虾子在苏州唱大戏。有闲心闲情的讲究人家，还要熬虾子酱油。难怪苏州文人陶文瑜说："虾子酱几乎就是一出戏曲中的锣鼓家什，但是我的心目中，虾子酱油就是评弹中的琵琶弦子，少了她演唱就成不了腔调了。"

与虾子酱油同类的，还有蚝油——将生蚝放在盐水中慢慢熬煮而成，带点蚝气。超市里卖的蚝油，跟海边渔家做的蚝油相比，只能说是画虎类犬。

有种虾酱，也是调料，跟蟹酱卤的做法类似。小虾加盐，发酵成酱，过粥最好。跟虾子酱油相比，是浓抹与淡妆的区别。

我在吃上花的功夫，远不如外婆和父亲，他们舍得一天花四五个小时在厨房忙碌，几十年如一日，乐此不疲。我压根儿做不到，忙起来时，一锅粥可以对付三顿。吃饭成了将就。

不过，得空时，我也会捣鼓些好吃的，比如，做点鱼冻，熬点虾油。不用一粒虾子，吃剩的虾头虾壳捣碎，用小火慢慢熬制，鲜味逼人。清鲜中带有生猛气息，如海浪奔涌，雪涛翻滚，用于拌面，味道一点也不逊于虾子酱油。